불행을 행복으로 바꾸는
7가지 기술

이 책을 소중한

_____님에게 선물합니다.

_____ 드림

나를 사랑하는 법을
잊어버린 이들을 위한

불행을
행복으로
바꾸는
7가지 기술

정현주 지음

위닝북스

출간을
축하하며

우리는 무엇으로 살아가는가요? '무엇'이라고 물으니 대답할 것이 많습니다. '무엇'이 살아갈 '거리'를 가리킨다면 저마다에게 무엇에 해당하는 것들이 다양하게 있을 것입니다. 생계를 위한 직업도 있고 삶을 보다 촉촉하게 해 줄 재미있고 의미 있는 활동도 있을 것입니다. 심오한 성찰과 훈련을 통해 고민하고 씨름하는 삶도 있겠고 그런 모든 것들이 부질없다는 듯 가볍게 표피적으로 사는 모습을 예찬할 수도 있을 것입니다. 그런데 그런 무엇에 대해 그 무엇을 '어떻게' 선택하고 행동할까라는 물음으로 옮겨가면 보다 더 복잡해집니다. 무엇이 목적 물음이라면 어떻게는 수단 물음이고, 무엇이 정체 물음이라면 어떻게는 방법 물음이니 말입니다. 목적이 하나라도 수단이 여럿일 수 있고, 정체가 동일해도 방법은 가지각색

일 수 있기 때문입니다. 그런데 '어떻게'가 그렇게 여럿이고 가지각
색이라는 것이 다양한 선택을 제공하는 듯해서 좋을 수도 있지만,
이는 또한 어떤 '어떻게'가 최고의 선택인지를 놓고 고민하고 갈등
하게 하는 요인이 됩니다. 그 많은 '어떻게'들이 원하는 '무엇'에 이
른다는 보장을 제공해 주지 못하는 현실에서 이 고민은 더욱 깊어
질 수밖에 없습니다.

사실 오늘날 우리가 살아가는 현실은 '어떻게'들의 소용돌이라
고 해도 과언이 아닙니다. 이미 '무엇'은 두말할 나위도 없이 정해져
있다는 식으로 말입니다. 모두 행복하기를 원하고 그것도 물질적인
조건에 크게 의존하는 형태로의 행복이니까요. 그래서 또한 모두들
'어떻게'로 온 관심이 쏠려가고 있습니다. 과학과 기술의 발전도 이
욕구를 충족시켜 주고자 총력을 기울이고 있고 정신문화라는 이름
의 활동도 역시 이를 포장해 주고 있는 것으로 보입니다. 이런 상황
에서 '어떻게'가 어떤 보장도 해 주지 못하는데도 불구하고 사람들
이 서로 치열한 경쟁을 벌이면서 물고 뜯는 것이 우리 현실입니다.
모두 뛰니 나도 뛰어야 하겠고 뛸 수밖에 없다는 것입니다. 이것이
현대를 살아가는 우리의 모습입니다.

그런데 한참동안 땀을 뻘뻘 흘리면서 뛰다 보니 뛰고 있는 자
신을 홀연히 돌아보게 됩니다. 아니, 자신이 드러나게 됩니다. 결국
보다 더 근본적인 물음으로 끌려들어갑니다. 왜 뛰는가? '왜'라는
물음이 나옵니다. 반드시, 아니, 불가피하게 나오게 되어 있습니다.

'왜'는 근거 물음이기 때문입니다. 이유를 묻는 것입니다. 이유로 말하자면 원인도 있고 목적도 있겠지만 하여튼 이유를 뜻하는 근거 물음입니다. 우리는 왜 뛰나요? 왜 사는가요? 그런데 근거 물음은 앞의 물음들보다는 대답하기가 훨씬 더 어렵습니다. 뿌리를 파고 들어가는 물음이기 때문입니다. 그런데 우리가 이를 잊어버리고 이미 그렇게 주어진 '무엇'과 눈앞에 널려진 '어떻게'에만 눈이 쏠리다 보니 더 깊은 데에 깔린 '왜' 물음을 잊고 살고 있는지도 모릅니다. 그런데 니체는 그의 책《우상의 황혼》에서 말합니다. "삶에 대한 자신의 이유인 '왜냐하면'을 가진 자는, 거의 모든 방법, 거의 모든 '어떻게'를 견뎌낼 수 있다."라고 말입니다. 이유나 근거가 적절하면 방법은 부차적인 것이기 때문입니다. 이 물음을 도모하는 것이 바로 지혜입니다. 그리고 지혜를 구하는 '왜'는 무수한 '어떻게'를 견디고 넘어서게 하는 길을 찾도록 해 줄 수 있을 것입니다.

저는 이 책을 쓴 정현주 씨가 수년 전 연세대 교육대학원에서 저의 수업에 들어와 수강할 때 만났습니다. 저의 전공이 종교철학인지라 인생에 대해 종교가 지닌 의미, 그리고 이를 철학적으로 곱씹는 이야기들을 나눌 기회가 있었습니다. 저는 수업에서 남들이 하는 이야기만이 아니라 자신을 돌아보고 자신의 이야기를 구성하자고 격려하기도 했습니다. 이 대목에서 모든 사람들이 달려드는 '무엇'을 넘어, 또 지금 붙잡고 있는 '어떻게'를 넘어, 자신의 깊은 '왜'를 찾아보라고 강조했었습니다. 정현주 씨는 저의 그런 지도와 제안에 가장 열심히 참여하던 원생들 중 하나였습니다. 그녀는 늦깎이로 대학원에 입학했지만 사업으로 바쁜 중에도 수업에 결석 한 번 하지 않고 활동에도 열성적으로 참여하는 원생이었습니다. 결국 저는 그녀의 석사학위 논문을 지도하게 되었고 그녀는 이러한 작업에 더욱 박차를 가할 수 있었습니다. 이것이 시작이 되어 그녀는 자신의 이야기를 보다 본격적으로 그리고 더욱 촉촉하게 풀어 놓을 수 있었습니다. 그것이 바로 이 책입니다. 또한 이것이 인연이 되어 저는 지금 이렇게 대학원 지도교수로서 그녀의 책에 대해 추천의 말을 하게 되었습니다. 참으로 기쁘고 감격스러운 순간입니다.

"돌아보지 않는 삶은 살만한 가치가 없다."는 고대 그리스 현인의 말씀을 굳이 인용하지 않아도 되돌아보는 것은 뒤로 가는 것이 아니라 앞으로 간다는 것을 여기 실린 글들을 통해 여실히 확인하게 됩니다. 각 편을 읽으면서 어려웠던 시절들을 되새김으로써 보다 더 힘차고 멋진 미래를 새롭게 꿈꾸는 아름다운 장면에 대한 감격이 논문을 지도할 때와는 색다르게 밀려들어옵니다. 이런 감격을 독자들과 함께 나눌 수 있기를 기대해 마지않습니다. 출간을 축하하고 함께 수고하신 모든 분들에게도 감사를 전합니다.

연세대학교 종교철학 교수
정재현

행복은 스스로 만들고 가꾸는 것이다

　언젠가는 살아온 날을 정리하여 사람들과 이야기를 나누고 싶었는데 생각보다 조금 빨리 기회를 얻은 느낌이다. 삶의 모든 행위들은 또 다른 연결고리를 만들고 있다. 스스로가 자랑스럽고 행복한 사람이 되길 소원했었다. 이러한 마음은 미래의 희망이 되었고 관련된 환경을 조성하는 구체적 실천 방식의 지침을 마련하는 계기가 되었다. 윤리와 도덕, 인간으로서의 기본 소양은 행복한 삶의 기본바탕이라는 것을 새삼 강조하고 싶다.

　초등학생 시절, 개근상 빼고 유일하게 받은 상이 있다면 4학년 때 받은 글짓기대회의 입선작이다. 공부를 잘하거나 글쓰기 실력이 좋은 것도 아닌데 너무나 뜻밖이었다. 당시 글의 주제는 '욕설을 하지 말자'였다. 욕설은 훌륭한 사람이 되는 것을 저해한다는 선생님의 가르침을 깨달음으로 마무리한 내용의 글이었다.

살아오면서 어떤 행동을 하거나 선택의 기로에 놓일 때마다 방향을 제시해 주는 것은 기존에 읽었던 책의 내용이나 어른들의 말씀이었다. 그리고 주일학교 때부터 배워온 성경적 가르침이 내 삶에 많은 영향을 미쳤다. 이것은 삶의 지침이 되었고 실제로 유익한 길로 안내해 주었다.

가진 것 없이 태어나 광야 같은 삶을 살았지만, 지금은 무척 풍요롭고 행복한 삶을 살고 있다. 게다가 영혼 가득 충만한 기쁨을 누리고 있다. 이러한 축복이 어디서 왔을까?

행복은 물질의 풍요에서 오는 것만이 아니다. 스스로를 다스리고 성찰하면서 얻어진 특별한 축복은 스스로 만들고 가꾼 신의 선물이라고 생각한다. 시련과 역경의 강을 건너고서야 얻어진 축복인 것이다.

앞길이 막막하던 시절, 무릎 꿇고 눈물로 아뢰던 기도의 제목은 오늘날 하나도 빠짐없이 그대로 이루어졌다. 장벽처럼 높기만 했던 학업의 문과 가난하고 궁핍한 삶에서 벗어나기 위한 노력은 과정마다 외로움을 느끼게 했다. 그러나 내면의 음성에 귀 기울이며 정해진 지침을 성실히 따르다 보니 자연스럽게 필요한 사람도 만나고 원하던 일도 이룰 수 있었다.

이 책 《불행을 행복으로 바꾸는 7가지 기술》에는 나의 성공과 실패의 과정이 담겨 있다. 어느 순간 내 앞을 가로막는 벽을 만났을 때 처음에는 무척 놀라고 당황했다. 그러나 스스로를 성찰하고 고민하는 과정에서 잘못된 나를 바로잡을 수 있었다. 삶의 지침을 아는 것과 실천하는 것은 하늘과 땅 차이다. 아는 것으로 끝내지 않고 실천을 해야 열매를 맺는 것이다. 그리고 성숙해지는 것이다.

총 다섯 장으로 이루어진 이 책의 전개과정은 좌충우돌 다양한 경험적 콘텐츠로 기술되어 있다. 1장은 세상의 쓴맛을 경험하고 이것을 통해 스스로를 돌아보는 과정을 거친다. 인생의 피할 수 없는 삶과 죽음에 대한 고민도 소개된다. 또한 강자와 약자의 관계에서 강자를 이겨내고 스스로 자존감을 찾아가는 내용이 시원할 것이다.

2장은 어떠한 편견에도 나의 가치를 믿을 것을 강권한다. 때로는 실패할 수도, 실수할 수도 있다. 그러나 그것을 발판으로 최고의 가치를 얻어내는 과정을 담았다. 또한 사회적 이슈가 되고 있는 음성적 성폭행의 위기를 어떠한 방법으로 이겨냈는지를 살펴보며 가해자와 피해자의 입장에서 많은 공감을 갖게 해 줄 것이다.

3장은 약진하는 모습을 담았다. 끌어내리려는 주변 환경을 이기고 성공으로 이끄는 삶의 태도를 소개했다. 또한 겸손을 통해 은퇴 후의 열악한 환경을 초월하여 제2의 전성기를 이끌어내는 모습도 소개한다. 그리고 좌충우돌 위기의 순간을 어떻게 극복했는지도 기술했다. 아득히 잊어버린 우리의 모습을 통해 독자들의 추억을 이끌어낼 것이다.

4장은 불행을 행복으로 바꾸는 7가지 기술이 구체화되어 있다. 가난한 환경을 뛰어넘고자 하는 욕망은 결국 미래의 꿈과 희망이 되었다. 그리고 과감하게 행동하고 실천하는 과정을 담았다. 열두 살 소녀의 떡잎부터 야무진 성장과정을 담았다. 그리고 삶 속에서의 아웅다웅 에피소드를 담았다. 또한 다른 사람이 아닌 온전한 나 자신으로 사는 것이 얼마나 중요한지를 소개했다.

5장은 지금까지의 내용을 정리하는 차원이지만 콘텐츠는 완전히 새롭다. 진흙 속의 진주처럼 어려움을 이겨낸 감동의 이야기들이다. 그리고 어떻게 사는 것이 지혜롭고 현명한지를 구체적 이론과 사례를 통해 소개했다.

이 책의 제목을 정해 준 '한국책쓰기1인창업코칭협회'의 김태광 대표 코치에게 감사드린다. 앞서 저술한 공동저서 《버킷리스트20》을 통해 펼친 나만의 이야기를 간파한 그가 이렇게 멋지고 아름다운 주제는 물론 목차까지 선정해 준 것이다. 덕분에 2019년의 생동하는 계절은 꼼짝없이 집필에만 몰두할 수 있었다. 마지막으로 이 책을 즐겁게 읽어 주실 독자들에게 진심으로 감사드린다.

2019년 10월
정현주

5장

오늘도 나는 더
행복한 미래를 꿈꾼다

먼저 손 내밀어 주는
세상은 어디에도 없다

01 :

예고 없이 닥친
위기

현실은 생각보다 냉정하다

"책상 빼!"

데스크(편집국장)의 노여움은 불꽃같았다. 편집회의를 하던 도중 "이것도 원고라고 썼냐?"라며 내가 쓴 원고를 빨간 펜으로 획획 긋더니 급기야는 던져버렸다. 그러고는 비수 같은 한마디를 남겨놓고 나가버렸다. 직원들은 놀라서 각자의 자리로 돌아갔고, 나는 버려진 원고를 주워들고 한참동안 얼음처럼 굳어있었다. 내가 볼 때는 단순한 오자와 탈자 몇 개뿐이었다. 그러나 그의 지나친 노여움으로 봐서는 분명 다른 문제가 있어 보였다. 뭔가가 그의 자존심을 크게 상하게 한 것이다. 나는 정신을 차리고 사무실을 빠져나와 택시를 잡아탔다. 어디로든 떠나고 싶었는데 결국 도착한 곳은 집이었다.

방구석에 틀어박혀 울기를 반복하다가 잠이 들었다. 그리고 새 날이 밝았는데 도저히 출근할 맘이 나지 않았다. 그대로 눌러앉았다. 이미 전날 사무실을 나서면서 마음을 접은 것이다. 그러나 지금까지 놀아본 적이 없다 보니 이웃의 눈이 두려웠다. 출근할 시간에 집에 틀어박혀 있다는 것이 스스로 부끄럽게 생각된 것이다. 이틀째 되던 날부터 사무실에서 전화가 빗발쳤다. 그러나 받지 않았다.

'내가 갈 곳이 없을 줄 알아?'

우울한 마음을 끌어안고 고민한 지 사흘째 되던 날, 나는 새로운 취업 자리를 찾기 시작했다. 마침 지역케이블 방송에서 구인정보가 실시간으로 올라오고 있었다. 홍보직, 판매직, 영업직 등 다양했다. 그중 홍보와 관련된 업종을 선택해 전화를 했다. 기존에 하던 일이 주간신문사 취재기자다 보니 기업 홍보하는 것쯤은 문제가 안 되었기 때문이다. 면접을 보러 오라고 했다. 강남의 테헤란로. 그곳이 모든 다단계 영업의 메카라는 것을 나중에 알았다. 출판, 금융, 화장품, 건강식품 등 각종 다단계 업종이 한 건물에 집합되어 있었던 것이다. 일단 뭔 일인들 못하랴 싶어 새로운 업종을 선택했다. 그리고 나서야 신문사에서 걸려오는 요란한 전화를 받을 수 있었다. 나는 데스크와의 면담을 약속했다.

다음날, 함께 일하던 직원들을 위한 간식거리를 사들고 사무실에 들어갔다. 왠지 낯선 느낌. 데스크는 아직 부재중이었다. 그러나 일단 얼음물 두 잔을 준비해 놓고 미팅시간을 기다렸다. 이윽고 시간이 되자 그가 겸연쩍은 얼굴로 들어왔다. 먼저 "미안하다."라고 사과의 마음을 전한 그는 그동안 나에게 쌓였던 감정을 진솔하게 들려주었다. 나의 무례한 언행, 직원들 앞에서 무안당한 느낌과 감정 등등. 그리고 그날 내게 그렇게 화를 내놓고는 마음이 불편했다고도 말했다.

그랬다. 어느 순간 나는 신문사의 2인자가 되어 교만해 있었던 것이다. 그리고 여차여차한 이유로 청와대의 초청을 받았는데도 보고 없이 혼자 다녀왔다. 학문과정 중이라 매일 출근을 못하는 그분을 위해 좀 더 이해하고 배려했어야 했다. 그런데 나는 무례하고 교만한 모습을 드러낸 것이다. 사실 내가 기자가 될 수 있었던 것은 내가 잘나거나 똑똑해서가 절대 아니었다. 순전히 국장으로서의 그의 권한과 선택 덕분이었다. 그런데 오늘날 이러한 사단이 난 것이다.

그러나 이미 나의 마음은 정리되어 있었다. 냉정하게 현실을 직시하고 보니 나의 때가 다 되었다는 것을 알게 된 것이다. 그리고 침착하게 나의 진솔한 입장을 다음과 같이 털어놓았다. 스물네 살 서울에 올라오기 전까지의 과정과 그 이후의 과정을 거슬러 살폈다. 그리고 서울로 올라온 후 제2의 멘토로서 국장님의 영향을 많이 받았던 것과 지금까지 이끌어 주셨던 것에 대한 감사한 마음도 밝혔다. 그리고 직원들과의 송별식을 가졌다. 이것은 나의 주도하에 이루어진 것이다. 그동안 나는 신문사의 주인 이상으로 애정을 가졌었다. 그리고 데스크 다음으로 영향력을 행사했던 것이다. 이렇게 직원들과의 마지막 회식은 익숙한 주인으로서의 잠재된 의식에서 비롯되었다고 본다. 그리고 보란 듯이 당당한 또 다른 출발을 보여 주기 위한 자존심과 오기였을지도 모른다.

다단계 영업 세계의 처절한 쓴맛

이후 시작된 강남 테헤란로에서의 직장 경험은 지금 생각해도 몸서리를 치게 한다. 온갖 수모와 모멸감을 느껴야 했던 다단계 영업직이었기 때문이다. 처음에는 그곳이 영업하는 곳인 줄을 몰랐다. 그냥 홍보하는 것이라고 해서 기자생활을 하면서 봤었던 기업홍보실 업무 정도로 생각했다. 기업홍보실에서는 새로운 아이템을 개발했다든지 무슨 행사가 있을 때면 이것을 기사화해 각종 언론사에 자료를 보내 주었다. 그리고 출입 기자들과 유대관계를 맺으며 자기네 기업의 이미지를 관리했다.

100평 규모의 사무실은 매우 깨끗하고 한가로워 보였다. 라인별 부장 책상이 있고 그 앞에 6인용 테이블이 있었는데 그것이 신입직원의 자리였다. 매일 아침 출근하면 담당 관리자의 책상을 닦고 커피를 타서 놓아 주는 일을 했다(이런 것은 당연하고 식은 죽 먹기다). 그리고 나머지 시간에는 아름다운 클래식이 흐르는 가운데 할

일 없이 앉아서 아이들 수준의 그림이나 그렸다. 필요해서 그리는 것은 아닌 것 같았다. 그냥 버려지거나 그린 사람이 소장하게 했으니까.

한 주 내내 이러고 있으려니 미안할 정도였다. 부장에게 물어보았다. 이러고 있으면 어떻게 월급이 만들어지냐고, 어떻게 수입이 창출되어 기업의 이윤을 만들 수 있냐고 말이다. 그러자 그는 기다렸다는 듯이 나를 한쪽 상담실로 데리고 들어갔다. 그러고는 본격적인 영업의 비밀을 알려 주었다. 이곳의 일은 ○○회사에서 나오는 어린이 동화책과 교구를 판매하는 것이었다. 그런데 처음에는 직원이 50만 원 이상 구매하는 것으로 실적을 올리게 했다. 그러면서도 구매한 사실은 비밀로 했다. 그리고 이것을 사무실 전체에 알려 첫 실적에 대한 축하의 팡파르를 울렸다. 매출 실적을 올릴 때마다 이렇게 요란한 행사를 거행하는 데는 이유가 있었다. 다른 직원들에게 오기 발동을 일으켜 매출로 연결시키려는 최고관리자의 전략인 것이다.

그리고 또 다른 매출을 위해 일대일 상담을 자주 했다. 이는 신입직원의 지인들을 통한 잠재고객 리스트를 작성하게 해 세부적인 공략법을 제시하는 것이었다. 대부분 이렇게 신입직원을 모아놓고 이들을 대상으로 물건을 팔도록 했다. 신입직원 자체가 1차 고객이 되었던 것이다.

충격이었다. 애초에 업무의 본질을 소개하고 월급이 형성되는 과정을 설명해 줬더라면 진즉 그만두었을 것이다. 그러나 2주 동안 어느 정도 익숙해진 상태에서 빠져나오기도 고민스러웠다. 갑자기 한 대 얻어맞은 것처럼 멍한 상태가 되었다. 그리고 고민을 했다. 그만둘 것인가, 아니면 기왕 칼을 빼어들었으니 썩은 호박이라도 찔러볼 것인가. 그러고 보니 직원들이 어느 순간 안 보이는 일이 많았다. 상황 판단이 빠른 사람은 진실을 알고 나서 바로 그만두었던 것이다. 그러나 나처럼 어디 옮겨 다니는 것을 수치로 여기거나 순진한 사람은 끝까지 남아 있었다. 그리고 처절한 다단계 영업 세계의 쓴맛을 경험하는 것이다.

위기가 나를 단단하게 만들었다

나는 생활이 빠듯한 동생들과 사촌에게 전화를 했다. 취직을 앞둔 동생에게는 명의를 빌려 물건을 적재하게 하고 나의 카드로 구매를 했다. 아기가 있는 사촌에게서 도움을 받을 수 있을 줄 알았지만 심한 모멸감만 받았다. 판매는 미묘한 기술이 필요하지만 그 사람의 살아온 성적을 평가할 수 있는 좋은 수단이 되고 있었다.

다단계 영업은 개인사업에 비유되고 있었다. 대부분 한 영업국에는 국장이 이끄는 팀으로 구성되어 있다. 그 밑의 실장과 부장이 각각의 영업비를 받아 신입사원 채용공고를 낸다. 그리고 사람들을 선발해 교육하고 훈련해 매출로 성사시키는 것이다.

월급은 열심히 출퇴근을 했다고 해서 나오는 것이 아니었다. 매출의 수당이 곧 월급이었다. 직원이 1,000만 원의 매출을 올리면 그중 30%가 매출을 올린 당사자의 몫이었다. 그리고 10~20%는 직속 상사의 몫이 되었다.

처음 지인을 대상으로 영업을 할 때는 큰 상처를 받았다. 이런 영업직에 대한 인식이 좋지 않았기 때문이다. 그래서 사람들에게 무시당하거나 거리낌의 대상이 되었다. 그러다 보니 울어 보지 않은 직원이 없을 정도였다. 그래서 회사는 직원들을 대상으로 정신교육을 실시했다. 상처받은 직원들에게 현실을 직시하게 했고 오기를 품게 했다. 그리고 새로운 비전을 심어 주어 자신감을 갖게 했다.

최고관리자의 능력은 하위 직원을 어떻게 교육시키고 관리하느냐에 따라 평가된다. 영업직의 세계에서는 매출이 곧 인격이다. 아

무리 똑똑한 사람이라도 실적이 없으면 비참하도록 무시를 당하기 때문이다. 이러한 가운데 내가 대리에서 과장까지 승진할 수 있었던 것은 남편의 적극적인 도움 덕분이었다. 그렇게 1년을 버텨오는 동안 세상을 바라보는 안목이 한층 넓어짐을 느낄 수 있었다.

결국 예고 없이 닥친 위기는 세상 물정 모르던 나를 한층 단단하게 해 주는 효과를 가져다주었다. 그리고 오늘날 경영하는 사업에서 보이지 않는 밑거름이 되고 있다.

02 :

왜 내 인생은
행복하지 않을까?

행복은 생각, 말, 행동이
조화를 이룰 때 찾아온다.
마하트마 간디

원하는 것을 그리고 그대로 살아라

차단된 줄 알았던 그에게서 또다시 메시지가 왔다. 자신의 무표정한 사진 두 장. 자신을 보아 달라는 메시지였다. 자신의 말에 반응해 달라는 간절한 신호인 것을 안다. 그러나 어느 순간부터 그의 메시지는 읽기도 전에 삭제되고 있다. 그리고 그의 이름은 나의 휴대전화에서 반복적으로 차단되고 있다. 이토록 거부되고 있는 그의 존재는 다름 아닌 나의 동창생이다. 인정 많고 모질지 못한 내가 왜 이렇게 그에게는 냉정할까?

성인이 되어 그를 다시 만난 것은 또 다른 친구의 죽음 앞에서였다. 그는 망자의 이웃이었다. 두 사람의 공통적인 특징은 여태까지 결혼을 못했다는 것과, 그들의 삶이 마른 풀잎처럼 생기가 없고 건조하다는 것이었다. 그러던 한 명이 스스로 저 세상으로 떠났으니 충격을 받았을 것은 당연하다. 그는 스스로를 외톨이라고 지칭하며 세상과는 단절된 채 망자와 동질감을 느끼며 살았을 것이다. 그리고 망자의 유일한 친구로서 서로를 의지하고 살아왔다. 수십 년을 관심 없이 살아온 우리도 망자의 죽음은 충격이었으니 그는 어땠을까.

장례식장에 도착했을 당시 그는 멍하니 넋을 잃고 있었다. 깡마른 신체와 초라한 행색은 둘째 치고, 하얗게 메마른 입술과 초점 잃은 눈망울은 금방이라도 망자를 뒤따를 것 같은 느낌을 주었다. 메마른 입술을 적셔 줄 막걸리라도 한 잔 건네주고 싶었다. 그러나 그는 나의 부름에 미동도 하지 않았다. 주변 친구들은 그가 술을 마시면 망나니가 된다며 만류했다.

나는 그때부터 그에게 적극적인 관심을 기울였다. 친구들 중에서도 유난히 가난하게 살던 그가 가여웠기 때문이다. 친구들 모임에 일부러 자리를 마련해 앉히고 말을 건네주고 들어주려 애썼다. 자신 없어 하는 그를 위해 예전의 내 모습을 떠올리며 누구나 비슷한 모습을 지니고 있음을 말해 주었다. 그리고 나 스스로 변화하고 발전했던 상황을 말해 주며 "너도 그럴 수 있다"라며 가능성을 말해 주곤 했다.

그 후 일 년에 두세 번 만나게 되는 친구 모임에서 그는 예전에 볼 수 없었던 생기를 보여 주었다. 마치 땡볕에 시든 잎사귀가 아침 이슬을 머금고 푸르게 살아난 것처럼 느껴졌다. 신기했다. 나는 그를 위해 모임의 구성원으로 끌어들이고 남몰래 연회비를 대신 내어 주었다. 그리고 의무 부담인 상조비도 대신 납부해 주었다. 다른 친구들 앞에서 떳떳해질 수 있도록 해 주기 위해서였다. 나는 그를 말 못하는 바보인 줄 알았나 보다. 그냥 숨 쉬고 살아 있는 생명체 정도로 생각했나 보다.

어느 날부터 그는 나에게 메시지를 보내기 시작했다. 수시로 사진을 보내고 시어(詩語)를 보내기도 했다. 그의 자작시는 그의 입장을 대변하는 것 같아서 짠한 감동마저 느끼게 했다. 그런데 문제는 날이 갈수록 그가 부담스러워졌다는 사실이었다. 시도 때도 없는 전화를 해 온다든지 어설픈 수컷의 본능을 어필해 올 때는 화가 나기도 했다. 더군다나 거액의 금전을 아무렇지도 않게 빌려 달라고 할 때는 많은 고민을 하게 했다.

집요한 그의 부탁은 나의 신앙 양심과 행위에 대한 본질을 분석하고 확인하게 하는 계기가 되었다. 그동안 내가 보여 왔던 그에 대한 관심은 값싼 동정심이었나, 나 자신에게 물은 것이다. 결국 그의 한 번의 부탁은 수락하고 잘되기를 바랐다. 그러나 그다음의 부탁은 끊어버렸다. 그리고 응대를 하지 않았다.

내가 성장하는 동안 그는 뭘 했을까? 나는 바라던 성공을 쟁취하고 있는데 그는 왜 그대로일까? 그와 나의 차이점은 무엇일까?

답은 간단했다. 그는 살던 대로 살았고, 나는 절대적인 믿음으로 살았다. 그가 생존을 위해 하루하루를 살았다면, 나는 내가 원하는 그림을 상상에 그려놓고 그 그림대로 살았던 것이다. 그리고 그 미래를 위해 현재를 충실하게 가꾸었다.

나의 상상은 내가 벌어서 공부하는 것이었다. 그리고 좋은 기회를 얻어 장학금을 받는 것이었다. 그것이 나에 대한 칭찬이자 보답으로 느껴졌기 때문이다. 그리고 자수성가한 모습으로 텔레비전에 나오는 모습을 꿈꾸었다. 또한 가장 아름답고 행복한 가정을 꾸리는 모습을 그렸다. 그랬더니 놀랍게도 그때의 꿈들은 현실이 되었다. 나는 그것들을 감동으로 누리고 있다.

상상하는 그대로 이루어진다

한때는 나도 '왜 내 인생은 행복하지 않을까?'라고 고민한 적이 있다. 우리 부모님은 건강하셨지만 배운 것이 없었고, 열심히 일하셨지만 항상 쪼들렸다. 내가 철들면서 알게 된 것은 우리 집이 부자가 아니라는 사실이었다. 비가 오는 날이면 우산 대신 찢어진 비닐을 몸에 감고 학교에 갔다. 미술시간은 나에게 있어 괴로운 시간이었다. 친구들은 다양하고 예쁜 색상의 크레파스를 가져왔지만 나는 그러지 못했기 때문이다. 겨우 마련한 싸구려 크레파스는 색감도 좋지 않은데다가 지우개처럼 벗겨지곤 했다.

방학 동안은 동네 언니들과 한집에 모여 돈벌이로 시보리를 떴다. 시보리는 얇은 흰색 원단에 검정색 점을 촘촘히 찍어 놓은 옷감이다. 우리는 그것을 틀에 올려놓고 검은색 점을 따라서 실로 홀치기해 엮는 일을 했다. 일주일 내내 한 장을 뜨면 250~300원의 수입을 얻을 수 있었다. 그때 당시 언니들에게 고백한 말이 있다. 초등학교만 졸업하면 바로 돈을 벌겠다는 것과 그 돈으로 중학교, 고등학교, 대학교까지 갈 것이라고 말이다. 부모님께 부담을 드리고 싶지 않았기 때문이다.

그리고 나의 배우자감도 그때부터 상상했었다. 너무 잘생기면 안 된다는 것과 똑똑하고 성실해야 한다는 것, 그리고 나만 아끼고 사랑해 줘야 한다는 것이었다. 이유는 동네마다 한 집에 있던 텔레비전을 통해 남녀가 사랑했다가 헤어지는 장면을 보고 충격을 받았기 때문이다. 그때 본 드라마에 나온 연인들은 너무나 잘생기고 멋진 모습이었다. 그래서 잘생기고 멋진 모습의 남자는 배신을 한다는 선입견을 가졌던 것 같다.

그래서인지 우리 남편의 모습은 개성이 충만하다. 눈은 단춧구멍처럼 작고, 눈썹은 생기다 만 것 같으며, 이마의 특이한 근육은 강한 인상을 준다. 또한 나의 소망대로 오로지 나 하나만을 바라보는 '아내바라기'다. 가끔은 이것이 괴롭기도 하지만 당시의 고백과 상상이 그대로 이루어졌다는 사실이 재미있고 신기하기만 하다.

나는 왜 이렇게 행복할까

돈과 지식은 사용할 때 그 빛을 발한다고 한다. 나의 관심을 바라고 있을 친구를 생각하면 어떻게 해야 현명한 처사인지 고민할 때가 있다. 연락망은 차단해 놓고 있지만 가끔은 차단 메시지함을 확인하고 있다. 정말 필요할 때 내가 외면하는 것 아닌가 싶어서.

그에게 들을 귀가 있으면 좋겠다. 그리고 깨닫는 지혜가 있으면 좋겠다. 아울러 나의 어린 시절, 일대일 상담을 통해 짓눌린 정서를 풀어 주고 진로를 상담해 주셨던 좋은 멘토를 그도 만났으면 좋겠다.

그가 만일 성공하길 간절히 원하고 받아들일 자세만 되어 있다면 지금도 변화의 기회는 얼마든지 있다고 생각한다. 오늘날 발달된 매체는 각종 정보와 지식으로 가득하다. 관심만 있다면 유튜브 〈김도사TV〉를 비롯해 각종 인문학 관련 자기계발 프로그램을 얼마든지 비용 없이도 습득할 수 있다. 그러나 그것을 받아들이고 내것으로 만들기까지는 원하는 자의 마음가짐에 달려 있다.

100가지를 알고 있다 하더라도 한 번의 실천이 중요하다고 생각한다. 의도적이고 의식적인 실천이 있길 바란다. 그리고 '왜 내 인생은 행복하지 않을까'라는 탄식 대신에 '나는 왜 이렇게 행복할까'라는 행복한 고민을 하길 소망해 본다.

03 :

인생이란
결국 자신과의 싸움이다

뜻이 있는 곳에 길이 있다

나는 최근 연세대학교 교육대학원을 졸업했다. 평범한 것 같지만 이것은 30년 전 기도해 주셨던 축복의 열매라는 차원에서 의미가 깊다. 당시 나는 학업에 대한 열등감을 갖고 있었다. 왜냐하면 초등학교 졸업 후 바로 취업전선에 나섰기 때문이다.

말이 씨 된다고 열두 살 때 동네 언니들 앞에서 고백했던 독학도로서의 삶은 중학교 진학을 앞두고 그대로 진행되었다. 시골집에서 약 5킬로미터 떨어진 약국에서 종업원으로 일하며 잔심부름과 청소를 했다. 일하면서 공부할 수 있을 것이라는 애초의 계획은 실현할 수가 없었다. 농사짓는 시골 사람들을 대상으로 영업을 하다 보니 새벽부터 시작된 일과는 밤 10시가 넘어서야 끝났기 때문이다. 스스로가 선택한 주경야독이었지만 외롭고 힘들었다. 일이 힘들어서라기보다는 등교하는 친구 모습을 숨어서 지켜봐야 했던 소외된 외로움 때문이었다. 이 때문에 마음의 소원을 담아 잠자기 전 기도하고 눈뜨면 기도했다.

"뜻이 있는 곳에 길이 있다."

벽에 걸려 있는 명언들은 메마른 삶에 희망을 북돋아 주었다.

어느 날 약국에 오신 손님 한 분에게서 특별한 느낌을 받았다. 90도로 허리를 숙여 인사하며 들어오던 모습이 무척 겸손해 보였으며 그리스도인의 향기가 느껴졌다. '혹시 성육신(成肉身; 예수가 인간의 모습으로 세상에 내려오는 것) 하신 예수님이 아닐까?'라는 생각이 들었다. 그런데 그분은 다름 아닌 내가 출석하고 있는 시골 교회의 새로 부임하신 담임 목사였다는 것을 주일예배를 통해 알았다.

그분의 설교는 참 쉬웠다. 의자도 없이 바닥에 방석을 깔고 앉아 경청하는 시골 사람들을 위해 알기 쉽게 또박또박 비유와 해석을 달아 아이에게 설명하듯 했다. 맨 앞에 앉아서 집중해 듣던 나는 그 말씀 한 톨이라도 떨어질 새라 새겨들은 말씀을 약국 사모님과 직원들에게 그대로 전달하기도 했다.

어느 주일예배 후 "교회 지붕에 빗물이 새는데 누구든 마음에 감동하는 분 있으면 교회 건축 헌금을 해 달라"는 광고가 있었다.

순간 온몸에 진동이 오면서 솜방망이 치듯 가슴이 두근거렸다. 왠지 내가 해야만 한다고 생각되었던 것은 보이지 않는 어떤 이끌림이었을 것이다. 당시 나의 월급은 6만 원이었다. 이 중 3만 7,000원의 정기적금과 십일조 및 감사헌금을 떼어놓고 나면 남는 돈이 없었다. 그런데도 일단 두 달 치 월급인 10만 원을 가불했다. 막상 큰돈을 받아 놓고 보니 마음에 심한 갈등이 일었다. 처음 만져 보는 큰돈을 놓고 이것을 몽땅 헌금해야 할지 아니면 일부를 떼어서 고생하시는 어머니랑 나눠 써야 할 것인지 고민이 생겼던 것이다.

너무도 고민되어 약국 안집에 들어가 방문을 잠그고 돈 봉투를 앞에 놓아둔 채 무릎 꿇고 기도했다. "이 돈을 하나님께 드리려고 가불했으나 반절만 드리고 나머지 반절은 제가 써도 괜찮을까요?"

행여 이런 마음이 잘못된 것이라면 이 불순한 생각을 없애 달라고 기도했다. 그러자 뜨거운 눈물이 얼굴과 목 줄기를 타고 가슴과 배꼽까지 흘러들었다. 기도 후 약국에 다시 들어갔을 때, 마침 담임 목사님이 와 계셨는데 얼마나 반가웠는지 모른다. 그토록 마음을 괴롭히던 갈등이 일순간 사라진 것이다. 그리고 목사님을 한쪽 상담실로 모셔 헌금 봉투를 내어 드리며 교회 건축을 위해 사용해 달라고 부탁했다.

그분은 감동했다. 목사 안수 후 첫 목양지에서 만난 이 소녀를 위해 마음껏 축복하길 원하고 있었다. 그리고 학업에 대한 진로를 제안하며 "훌륭한 지도자가 될 수 있으니 결코 포기하지 마라."라고 당부하셨다. 그분은 오랫동안 투병생활을 하다가 뒤늦게 신학을 공부해 예장 합동(총신)에서 목사 안수를 받은 후 연세대학교 교육대학원 및 신학대학원에서 박사 과정을 밟고 있었다. 해방신학의 영향을 받은 그는 마을 청소년들을 대상으로 일대일 상담을 하곤 했다. 그리고 우리의 내면적 심리 분석을 통해 개별적 특성을 찾아내어 꿈과 희망을 심어 주고 진로를 안내해 주었다. 덕분에 우리는 가난으로부터 오는 심리적 억압과 갈등이 자연스럽게 치유되는 것을 느낄 수 있었다.

축복과 기도로 얻어낸 변화

그 후 앞길이 암담해 마음이 답답할 때마다 나는 그분을 찾아가 하염없이 울었다. 그럴 때마다 그는 포기하지 말라며 당신의 졸업앨범을 꺼내 학사모를 쓴 사람들의 사진을 보여 주었다. 그리고 그들의 성공한 모습들을 하나하나 소개해 주었다. 그러면서 "너도 훌륭한 사람이 될 수 있다"며 위로하고 진학할 수 있는 길을 모색해 비전을 심어 주었다. 하지만 중학교 졸업장조차 없던 나는 모든 말씀이 넘기 힘든 장벽으로만 보였다. 그러나 '아멘'으로 받아들였던 것은 늙은 아브라함에게 "아들이 있을 것"이라는 하나님 말씀에 어이없어 웃던 사라의 일을 기억했기 때문이다. 그리고 책망받았던 일을 생각했기 때문이다. 어쨌든 이렇게 상담을 받고 오면 답답한 마음에 위로가 되었다. 그리고 또다시 힘을 내어 맡겨진 일을 감당할 수가 있었다.

약국 안집에서 기거하던 나는 매일 새벽 자전거를 타고 시골 교회로 예배를 드리러 다녔다. 그때마다 어둠 속 까만 바람은 온몸을 감싸면서 축복하는 것만 같았다. 때로는 외딴길을 달리다가 치한을 만나기도 했다. 그러나 위급한 기도에 어떠한 형태로든 응답하시는 하나님을 느끼기도 했다. 바람처럼 공기처럼 아니 계신 듯 존재해 위험으로부터 구출되었던 것이다. 새벽기도회가 끝나면 교회 마당을 쓸고 주변 정리를 했다. 그리고 "이겨야 산다!"를 외치며 동네 한 바퀴를 돌았다. 그리고 헤어질 때는 반드시 서로를 포용하며 축복했다.

매년 1월 1일은 금식기도를 통해 한 해를 맞이했다. 일찌감치 경제활동에 나선 우리는 첫 열매의 의미와 십일조의 원리를 배우고 익힌 대로 실천했다. 오늘날 성경에서 말하는 30배, 60배, 100배의 결실을 체감하는 이유다.

어느 순간, 깜짝 놀라고 말았다. 7년 3개월을 하루같이 서울 유학을 꿈꾸던 16세의 소녀였는데 어느새 결혼해도 좋을 스물넷의 처녀가 되어 버린 것이다. 어른들 사이에 부지런하기로 소문난 약국 아가씨를 중매하기 위해 몰래 선을 보고 가는 일이 잦아졌다. 다급해진 약국 아가씨는 교회를 찾아가 무릎 꿇고 울었다. "제 나이가 벌써 스물넷이나 되었는데 언제 서울 가서 공부하겠냐"며 슬피 울었던 것이다. 이날은 목사님도 유난히 안타까운 모습이었다. 그리고 또다시 내 머리에 손을 얹고 전심을 다해 기도를 드렸다.

그날 이후 급격한 변화가 일어났다. 목사님 가족이 급히 서울로 이사를 하게 되면서 나도 함께 따라 올라갈 수 있게 된 것이다.

약국 아가씨의 서울 유학길에 쏟아진 온정들

그동안 마음으로만 계획했던 서울 유학은 근거지로서의 비빌 언덕이 필요했다. 이에 목사님이 멘토로서 길을 안내해 주었다. 그리고 나는 그동안 모아둔 적금을 깼다. 목사님이 새로운 교회에 정착할 수 있도록 작은 개척교회 보증금을 지원한 것이다. 약국에 사표를 낸 뒤 걱정하시는 부모님께는 '애굽으로 팔려갔던 요셉'을 소개하며 "서울 가서 공부해 동생들도 인도하고 집안을 일으키겠다"라는 의지를 밝혔다. 부모님은 "가르치지 못한 죄인"이라며 눈물을 흘리셨다. 약국 아가씨가 서울로 유학 간다는 소식이 전해지자 시내의 주변 상인들과 단골손님들은 금일봉을 건네주며 행운을 빌어주었다.

이렇게 해서 떠나온 서울 생활은 새벽에는 아르바이트를 하고, 낮에는 학원에서, 저녁에는 미션스쿨에서 수학하며 보냈다. 검정고시학원과 야간학교(미션스쿨)를 함께 다녔던 것은 일반 중·고등학교에서 경험하지 못한 학창생활을 몸소 체험하기 위해서였다.

이른 새벽과 늦은 밤길, 소음 가득한 거리를 지나면서 얼마나 춤을 추며 노래를 부르고 다녔는지 모르겠다. 가슴 깊은 곳에서 우러나오는 감사와 찬양이었다. 비록 주경야독(검정고시)의 결과는 전국 꼴찌를 맴도는 것 같았지만, 짧은 기간 뒤떨어졌던 제도적 학력 수준을 평준화시킬 수 있었다.

대학교 입학 소식을 전해 들으신 약국에서는 만학의 길을 떠난 나를 위해 4년 동안 전액 장학금을 지원해 주었다. 이것은 나의 버킷리스트에 있는 꿈이었다. 장벽처럼 높아 보이던 수준 높은 학문의 기회를 맛볼 수 있게 된 것이다. 약국 사장님께도 물론 감사하지만 나의 기도를 들어 주신 하나님께 더 큰 감사를 드린다.

실수해도
실패해도 괜찮다

실수는 인간적인 것이다. 어느 것도 시도하지 않기 때문에
실수를 하지 않은 사람도 있다.
요한 폰 볼프강 괴테

시어머니와 함께한 나날에 대한 회고

반평생 살아오면서 떠올린 실수는 부모님께 대한 아쉬움이다. 그것은 친정 부모님 말고도 함께 살았던 시어머님에 대해서도 마찬가지다. 어머니를 우리 집에 모시고자 했을 때 처음에는 형님들과 3개월씩 돌아가면서 모시자는 조건을 내걸었었다. 그러나 연로하신 어머니는 나의 좋은 친구였으며, 사랑스런 아기를 돌보는 것 같은 뿌듯함도 있었다. 어머니를 집에 혼자 두고 출근을 할 때는 든든함도 있었지만 안타깝기도 했다. 그리고 가여운 아기가 혼자 집에 있는 것 같은 마음에 퇴근길 발걸음이 빨라졌다.

그런데 가끔 스스로가 피해의식에 사로잡혀 힘들 때가 많았다.

그래서 약하고 힘없는 어머니를 많이 슬프게 했다. 병원 좀 같이 가달라는 분께 시간이 없다는 핑계로 거절하기도 했다. 거실에 앉아 있는 내게 말을 걸어오실라 치면 벌떡 일어나 서재로 가기도 했다. 형님 댁에 몇 달간만이라도 다녀오시라고 하기도 했다. 나도 남들처럼 친구들 불러다 놀고도 싶고 음식 신경 안 쓰고 편하게 살고 싶다 말했었다. 형님들도 어머니랑 살면서 좋은 점, 싫은 점 느끼게끔 하시라 했다.

나의 강한 어조에 어머니는 보따리를 싸셨다. 커다란 여행 가방에 주섬주섬 괴나리봇짐까지. 3일 동안 쌓아놓은 보따리를 보시면서 처량하게 한숨 쉬는 것을 나는 알고 있었다. 어쩌다 눈길이 마주칠 때면 서러운 눈물을 터뜨리셨다. 그러나 나는 애써 태연하게 말하곤 했다. 뭐 그리 서운해하시냐고, 며느리한테 상처받은 게 어디 한두 번이냐고.

그런데 사실 나도 속으로 울고 있었다. 어머니가 상처받으시는 동안 나 또한 무척 괴롭고 답답했다. 괴로우실 어머니께 사과드리고 싶었다. 어머니에 대한 경직된 마음이 스스로를 괴롭게 했기 때문이다. 그리고 양심이 자꾸만 나의 속을 치고 있었기 때문이다. 용기를 냈다. 그리고 그 앞에 무릎을 꿇었다. 잘못했다고 했다. 용서해 달라고 했다. 실은 저의 잘못된 행동을 제가 잘 알고 있지만 억지를 부렸다고 했다. 솔직히 어머니가 안 계시면 좋을 것 같지만 하나도 즐겁지 않다고 했다. 어머니가 속상해 있는 동안 저도 무척 괴로웠다고 말했다. 당신이 낳으신 아들이 미울 때마다 나는 이렇게 중병처럼 어머니께 화풀이한다고 했다. 저 본래 이렇게 못된 인간이었다고 고백하며 어머니께 무릎 꿇고 사과를 드린 것이다.

어머니도 울고 나도 울었다. 어머니는 나의 두 손을 꼭 잡으시고 네 맘 이해한다 하시며 오히려 나를 위로하셨다. 이렇게 어머니와의 화해는 무겁던 마음을 밝고 환하게 만들었다. 그 기쁨과 시원함이란 이루 말할 수 없었다.

삶이란 무엇인가

어느 날 밤 꿈에 돌아가신 아버님이 찾아오셨다. 편찮으신 몸이라 내 무릎에 눕혀 드리고 "어떻게 해야 삶을 잘 사는 것일까요?"라고 여쭈었다. 아버님은 "어머니를 잘 모시고 형제들과 우애하거라."라고 하셨다. 그리고 이것저것 안부를 묻는 동안 주변에서 분주하게 움직이시던 어머니께서 시간이 늦었다며 아버님을 재촉하시는 것이었다. 그리고 아버님의 한쪽 몸 어딘가를 스위치 끄듯 누르니 아버님은 즉시 사라지셨다.

나는 바로 꿈에서 깨어났다. 너무도 생생해 생시인 줄 알았다. 옆방에 계신 어머니는 그때까지 주무시지 않고 흥얼흥얼 콧노래를 부르고 계셨다. 어머니께 방금 꾼 꿈 이야기를 했다. 그것은 현몽이라고 하셨다. 평소 삶에 대한 고민을 많이 해서인가 보다.

현재 그 어머니는 우리 옆에 계시지 않는다. 영원한 하늘나라로 떠나신 것이다. 연로하신 어르신들을 뵐 때마다 깨끗하고 정갈하셨던 어머니가 떠오른다. 그리고 돌아가시기 직전 처절한 고통과 외로움에 시달렸을 그분에 대한 회한이 밀려올 때는 정말 괴롭다. 모실 형편이 되지 않았던 형님께 어머니를 보내드리지만 않았더라도 아옹다옹 나와 부대끼며 좀 더 오래 사셨을 것이다. 가끔 특이한 나만의 요리로 어머니를 즐겁게 해드렸을 것이다. 그리고 나는 뿌듯한 즐거움을 누렸을 것이다.

그러나 어머니는 요양원에서 생을 마감하셨다. 나의 가장 큰 실수와 실패라면 끝까지 어머니를 잘 모시지 못했다는 것이다.

최근 요양원에 입소해 계시는 노인들을 두루 만나고 다니며 생각이 많았다. 건강 수준에는 차이가 있었지만 대부분 스스로 거동이 가능하셨다. 집에서 모셨더라면 더 좋았을 거라는 생각이 들었다. 자식들에 의해 맡겨진 그곳은 말이 좋아 복지시설이지 창살 없는 감옥이었다. 노인들은 한결같이 집의 향기, 사랑하는 가족의 향기를 너무도 그리워하고 있었다. 푸르고 높은 하늘은 눈이 부시건만 몇 발짝만 옮기면 가능한 현관문을 감히 나서지 못하고 있었다. 그 이유는 위험과 책임에 따른 시설관리자들의 감시를 받기 때문이다. 노인들끼리 서로에게 주고받는 축복의 인사는 '누가 먼저 죽느냐'라는 것이었다. 하루하루의 일상은 끊임없이 펼쳐진 아득하고 황량한 사막과 같다고 했다.

외로움에 지친 노인들. 전직 교사였다는 한 분은 나의 손을 꼭 잡으신 채 많은 이야기를 들려주셨다. "살아 보니 내외가 같이 살 날이 길지 않더라"는 말씀과 "욕심 부리지 말고 서로 사랑하며 예쁘게 살라"고 당부하셨다. 살아온 인생을 말씀하시며 중간 중간 목이 메여 말씀을 멈추기도 했는데 삶의 의미를 생각하지 않을 수 없었다.

요양원을 나와 외곽순환도로를 달리는 동안 삶의 종착역에서 느끼는 그분들의 회한을 통해 나의 미래 모습까지도 그려 보는 계기가 되었다. 삶이란 무엇인가. 인생은 무엇인가.

실수와 실패를 반복하며 성숙해지다

생을 마감하기 몇 주 전, 어머니는 내게 들릴 듯 말 듯 말씀을 무척 오랫동안 하셨다. 어머니 가슴에 바짝 귀를 대고 들었던 말씀은 약 두 시간 동안 이어졌다. 온전히 이해할 수는 없었으나 그동안 살아온 생을 마무리하신 듯싶다. 살아 보니 생은 짧다고. 그동안 아웅다웅 살아온 것이 덧없다고. 짧은 인생 좀 더 멋지고 즐겁게 살 걸 그랬다고. 갈 때는 모두 다 내려놓고 가는 것이니 나누며 살라고. 너희는 욕심 부리지 말고 잘 살라고. 내가 살아 보니 사랑이 제일이라고. 다음 생에서 만나자고 우리에게 당부하셨던 것 같다.

2016년 6월 11일. 어머니께서 임종하던 날. 어머니께 마지막 인사를 드렸다. 그동안 고생하셨다고. 제가 잘못했으니 용서해 달라고. 하늘나라 가서는 평안하고 자유로우시라고. 당신이 주신 아들과 살면서 부딪히는 일은 많았지만 덕분에 행복하다고. 저희도 남은 삶 잘 살다가 뒤따르겠노라고 귓가에 대고 큰 소리로 말씀드렸다. 생명은 다했지만 임종 직후는 망자께서 알아들으신다는 속설을 믿기 때문이다.

지난 한 해 우리는 정말 즐겁고 행복했다. 9남매의 시댁 형제들과 즐거운 시간을 많이 가졌기 때문이다. 형님들은 내가 돈을 많이 쓴다고 걱정하신다. 그러나 편하게 즐기셨으면 좋겠다. 충분히 함께 즐기기에 부족함이 없기 때문이다. 그리고 형님들도 최선을 다해 서로를 섬기시지 않는가. "사람은 늙어 가는 것이 아니라 세월이 가면서 익어 가는 것"이라고 한다. 비록 살면서 아웅다웅 시름에 겹지만 실수와 실패를 반복하면서 우리는 성숙해지나 보다.

05 :

내 안의 열정을
따르라

무기력을 극복할 수 있는
유일한 방법은 열정이다.
아널드 조셉 토인비

자신감으로 무장하다

기자석. 당연히 내가 앉는 자리인 줄 알았다. 대통령과 국가 삼
부요인 및 해외 귀빈들이 참석하는 자리인 만큼 두 달 전부터 미리
신분조회가 되어 있었다. 그리고 당연히 초청장을 받고 참석한 자
리다. 일반적으로 행사장에 취재를 나가면 기자석이 따로 마련되어
있다.

그런데 이곳에서는 일반 방송기자들과 교계신문기자들도 기자
석이 아닌 다른 초청손님들과 자리를 함께하고 있었다. 그런데 마
침 '기자석'이라고 쓰여 있는 테이블 하나가 공석인 채 남겨져 있었
다. 당연히 기자인 내가 앉는 자리로 알았는데 중간에 자리의 주인

들이 몰려왔다.

그들은 청와대출입기자단으로, 대통령비서실의 지시에 따라 움직이고 있었다. 그들은 나를 둘러싼 채 내가 일어나길 기다리고 있었는데, 그중 빛나는 눈빛과 빛나는 머릿결, 빛나는 외모의 한 사람이 내게 와서 자리를 옮겨 앉아 달라고 했다. 자기들은 동시에 움직여야 하기 때문에 미리 주최 측에 자리를 마련해 놓은 것이라면서 말이다.

그럼에도 불구하고 순간 오기가 들었던 것은 너무도 잘나 보이는 그들 앞에서 상대적으로 내 모습이 초라했기 때문이다. 그리고 자리를 옮겨 앉는다는 것이 자존심이 상했다.

나를 둘러싼 이 사람들은 왜 이렇게 당당할까 생각해 보니 그들은 대통령의 후광을 입고 있었다. 그럼 난 뭐지? 자그마한 신문사의 말단기자. 그러나 높으신 하나님의 딸. 나는 대통령보다 높은 하나님의 딸이라고 스스로 자부심을 불어 넣었다. 그리고 자세를 고쳐 앉았다. 엉덩이를 바짝 붙이고 자세를 바르게 해 얼굴 근육에 힘을 주었다. 그리고 눈에 힘을 주어 강한 눈빛으로 그들을 쏘아보았다. 그들은 당황했다. 재차 삼차 요청을 해도 내가 들어주지 않으니 하는 수 없이 일행 중 한 사람을 다른 자리에 앉히고 자리를 정돈해 앉았다.

불편했다. 비록 오기를 부려 자리를 고수하고는 있지만 왠지 서먹한 분위기는 어쩔 수 없었던 것이다. 그런데 맞은편에 앉아 있던 한 사람이 내게 명함을 주며 인사를 건넸다. 대통령비서실의 과장이었다. "힘이 참 세십니다. 어느 신문사입니까?" 그러더니 보도자료 및 사진자료 등을 받았는지 물어 보고는 청와대로 놀러오라고 했다. 그리고 "원칙이 중요하니 앞으로는 정 기자님도 미리 주최 측에 자리를 마련해 놓으세요."라고 했다.

어쨌든 무사히 행사를 마치고 사무실에 돌아갔더니 청와대로부터 장문의 팩스가 와 있었다. 대통령비서실에서 내가 챙기지 못한 보도자료를 보내온 것이다. 아까 받았던 명함에서 연락처를 찾아 감사의 전화를 했다. 그는 또다시 "힘이 참 세십니다."라고 인사를 하고는 원칙의 중요성을 강조하면서 '필요한 사진자료'를 받아갈 겸 청와대로 방문할 것을 말해 주었다. 당시 지금의 남편에게 상황을 이야기하니 걱정을 태산같이 했다. 지독한 독재정권의 횡포를 목격했던 그는 건방진 행동에 보복을 당할 수도 있다고 생각한 것이다.

그러나 나는 다음날 아침 출근 후 업무회의를 마치고 택시를 불러 청와대로 향했다. 택시기사는 놀라는 눈치였으나 일단 그곳으로 향해 주었고, 나는 세 번의 검문을 마친 뒤에야 청와대의 춘추관으로 안내받게 되었다. 그곳에서 만난 비서관은 또다시 '힘이 센 여성'을 언급하면서 차 한 잔을 대접해 주었다. 그리고 아름다운 청와대를 구경하라고 했다. 비록 조용하고 경직된 분위기였으나 넓고 깨끗한 청와대 주변은 사방이 벚꽃으로 만발해 있었다.

춘추관에서 제공해 준 사진자료 덕분에 우리 신문의 1면 톱 기사는 근접 촬영된 VIP 사진으로 장식할 수 있었다. 이것이 계기가 되어 나는 더 큰 자신감으로 활동하게 되었다.

열정 넘치던 청소년 시절

내 안에 뜨거운 열정이 있다는 것은 청소년 시절 나를 지도해 주셨던 서상옥 목사님을 통해 알았다. 시골 교회 담임이던 그는 내게 상담을 해 주거나 기도를 해 줄 때마다 내게 열정이 있다고 했다. 내면에 불덩이를 가지고 있다고 했다.

그런데 나는 남들처럼 정규과정을 밟지 못했다는 열등감과 내성적인 성격이 복합되어 늘 주눅 들어 있다고 생각했다. 그래서 더욱 뭐든 들어주신다는 하나님을 믿고 의지하려는 마음이 컸다.

지금도 그렇지만 당시 매일 새벽 4시 반에 일어나 새벽예배를 드렸다. 교회까지는 10여 리나 되었으나 가는 길에 마을 청년들을 깨워 함께 예배를 드렸다. 너무도 갈급한 소원들이 제각기 있었기 때문이다. 새벽기도 후 헤어질 때면 항상 서로의 손을 맞잡고 축복의 기도를 나눴다.

당시 함께하던 멤버가 여러 명 되었으나 그중 박노준과 이정효는 나에게 특별하다. 둘 다 착하고 성실한데다가 나하고는 달리 공부도 잘했다. 내가 약국 종업원으로 있는 동안 그들은 영어책을 달달 외울 정도로 학교 성적이 좋았다. 우리는 가난한 환경을 당연히 이기고 나아가야 할 운명으로 생각했다. 그리고 절대적인 믿음으로 살았다.

8남매 중 장남이던 이정효는 고등학교를 다니면서도 알바를 하느라 휴학과 재등록을 반복했다. 부모님이 계셨지만 스스로가 가장이 되어 삶의 무게를 짊어졌던 것이다. 새벽예배 후 그의 집에 간 적이 있다. 뜨거운 물에 화상을 입은 그의 동생을 위해서다. 내가 약국에서 근무하고 있었기에 필요한 의약품을 준비한 것이다. 작은 방 안에는 고만고만한 아이들이 가득 모여 있었다. 동네 아이들이 그 새벽에 다 모여 있는 줄 알았다. 그런데 이 집안의 어린 형제들이었던 것이다.

정효는 고등학교 졸업을 앞두고 삼성반도체에 스카웃되어 취업했다. 나는 빨간색 줄무늬 넥타이를 선물했다. 나중에 생각해 보니

젊은 사람에게 어울리지 않는 색상과 무늬였지만 그만큼 순수한 마음과 우정으로 서로가 잘되기를 기원했던 것이다. 현재 유통 사업으로 성공한 그는 집안의 든든한 기둥으로 가장 역할을 훌륭하게 해내고 있는 자랑스러운 친구다.

나보다 한 살 어린 박노준은 공동묘지 아래 외딴집에 살았다. 낡고 닳아빠진 책가방을 들고 다녔으나 학교 성적은 우등생이었다. 허름한 옷차림에 머리는 교회 사모님이 잘라준 대로 더벅머리를 하고 다녔다. 얼굴에 미소가 끊이지 않았으며 누굴 만나든 90도 각도로 허리를 굽혀 인사를 했다.

그와 나는 새벽예배를 위해 30분 일찍 일어나 서로를 깨우러 다니기도 했다. 진눈깨비가 내려 얼어붙은 아스팔트길을 자전거로 달려 시내와 시골길을 가로질러 넘어지고 자빠지면서도 서로를 끌어 준 것이다. 그의 꿈은 훌륭한 목사였다. 강경상고를 수석으로 졸업한 그는 은행권에서 스카웃 제의가 들어왔으나 총신대학교 신학과에서 장학생으로 공부한 뒤 부천에서 목회사역을 하고 있다.

청운의 꿈을 안고

우리 동네에서 특별히 목사가 많이 배출되었다. 멘토로서 청소년들을 이끌어준 담임 목사님 덕분이다. 우리가 이렇게 건강한 신앙생활로 앞날을 개척할 수 있었던 것은 그의 지도력이 컸다. 해방신학의 영향을 받은 그는 우리 교회로 파송되자마자 청소년들에게 관심을 많이 기울였다. 일대일 상담을 통해 비전을 심어 주고 기도하고 축복해 주었던 것이다. 그리고 어른이나 윗사람에 대한 생활예법도 잘 가르쳤다. 때로는 나의 단점과 고쳐야 할 점을 너무도 적나라하게 지적하는 바람에 속상하기도 했었다.

그러나 오늘날 나름 고상하게 성장할 수 있었던 것은 언어생활까지 지도해 주시던 그분의 가르침 덕분이라고 생각한다. 목사님은 병고를 겪으며 뒤늦게 시작한 신학과 목회활동을 통해 뜨거운 열정을 불태우셨다.

올림픽이 한창이던 1988년 8월. 나는 청운의 꿈을 안고 서울에 입성했다. 목사님 가족의 이삿짐에 나의 이삿짐도 함께 싣고 꿈을 실현하기 위해 올라온 것이다. 곧바로 강의구 목사님이 교장으로 계신 강서 신망애중고등학교에 입학했다. 야학으로 운영되는 이곳은 나처럼 제때에 공부를 하지 못한 청년들이 주경야독을 하고 있었다. 그러나 문교부의 졸업 자격을 얻을 수가 없었기에 확장된 미래와 학업을 위해서는 검정고시를 치러야 했다. 낮에는 검정고시학원을, 밤에는 야간학교를 다니며 때늦은 학창생활로 추억을 쌓았다. 당시 우리 반 반장님께 진 빚이 있다. 졸업 기념으로 14K 반지를 맞추어 나눠 가졌는데 그 돈을 갚지 못하고 졸업한 것이다. 기회가 된다면 지금이라도 몇 배의 이자를 쳐서 갚아드리고 싶다.

06 :
생각에 머무르지 말고
실행하라

우리가 무엇을 생각하느냐, 무엇을 알고 있느냐, 무엇을 믿고 있느냐는 별로
중요하지 않다. 중요한 것은 결국 우리가 무엇을 행동으로 실천하느냐다.
존 러스킨

실천해야 행복이 찾아온다

'한국책쓰기1인창업코칭협회(이하 한책협)'의 김태광 대표 코치에게 부러운 한 가지가 있다. 그의 100억 자산이 부러운 것이 아니다. 책 속의 보화, 성공의 비밀을 발견하고 그것을 마치 밭에 감춰진 보화처럼 생각하고 있다는 것이다. 그는 아끼는 책은 몇 번이고 반복해서 읽으면서 밑줄을 긋고 메모를 한다. 마치 성경말씀을 암송하는 듯하다. 더욱 중요한 것은 감명 깊게 읽은 책 내용을 그대로 실천하고 있다는 것이다. 그리고 매 순간 그것을 통해 결실을 내고 있다는 사실이다.

사실, 그에게 영향력을 미친 나폴레온 힐과 네빌 고다드의 책

들은 대부분 성경적 깨달음을 담고 있다. 그러나 읽어서 아는 것과 그것을 실천하는 것은 하늘과 땅 차이다. 그는 중요한 책을 읽고 또 읽는 것을 반복한다. 그리고 더 이상 읽기 어려울 정도로 책이 너덜너덜해지면 새 책으로 바꿔 다시 심취한다. 그는 같은 내용을 50번 이상을 읽었음에도 읽을 때마다 새롭다고 한다. 그리고 새로운 깨달음이 있다고 한다. 그는 미쳐 있는 것이다. 나는 그가 온전하고 아름다운 것에 미쳐 있다는 사실이 부러울 뿐이다.

하지만 나에게도 위로 삼는 한 가지가 있다. 그것은 마음에 감동이 오면 그때그때 실천하고자 하는 나름의 철칙을 갖고 있다는 것이다. 행여 그것이 나에게 외형적 손해를 가져온다 할지라도 애써 실천하려는 이유가 있다. 그것이 가져다주는 만족감이 더욱 크기 때문이다.

내가 관심 있어 하는 것은 행복이다. 행복은 모든 인류의 궁극적 목표이자 소망이기도 하다. 그러나 이것은 사람마다 느끼는 감정에 따라 달라지기 때문에 일시적일 수도 있고 영속적일 수도 있다. 영속적인 행복을 누리기 위해서는 많은 노력과 깨달음이 있어야 하겠다.

선한 양심과 용기를 가지고 살아라

칠순이 지난 그녀를 찾아갔을 때는 이미 정신적 스트레스로 몸과 마음에 생채기가 나 있었다. 고인이 된 나의 아버지에 대한 원망으로 가득했는데, 그녀가 사 놓은 서너 마지기 땅이 남의 몫이 되었기 때문이었다. 그녀의 삶은 파란만장했다. 아홉 살 어린 나이에 남의 집 수양딸로 보내진 뒤 외롭고 고달픈 삶을 온몸으로 이겨내야 했던 것이다. "우리 엄마 찾아 주세요."라며 낯선 도시 한복판을 맴돌며 울던 그녀는 10년 만에 어머니(나의 할머니)와 상봉했지만 눈물 한 방울 흘리지 않았다. 거칠게 살아온 세월이 감정조차 메마르게 했기 때문이리라. 결혼할 나이가 되어 그동안 고생한 대가를 받아 고향에 밭 한 뙈기를 사났는데 또다시 연락이 두절된 사이 그 밭의 명의가 타인에게로 돌려졌다. 그 장본인은 고인이 된 나의 아버지였다. 뒤늦게 권리를 찾으러 고향에 내려왔던 그녀는 애꿎은 나의 형제들에게 저주를 퍼붓고 올라갔으며, 그로 인한 스트레스로 시력까지 잃고 있었다.

나의 어린 시절, 할머니와 아버지는 많이 다투었다. 당시에는 영문을 몰랐으나 성장하면서 이해된 것은 할머니가 딸을 위하고자 아들을 통해 밭뙈기를 사게 했건만 그 소산물과 소유주가 온전한 주인의 몫이 아니라는 사실에 불만이 컸던 것이다. 살아생전 밤잠을 못 이루던 할머니는 불합리한 모든 상황과 딸에 대한 미안함으로 안타까운 한을 품고 돌아가셨다. 그런데 그 딸은 자기를 억울하게 만든 장본인이라며 고인 된 그 오빠는 물론 어머니조차 원망해 스스로를 상하게 하고 있었다. 그리고 그 자손인 우리를 향해 독소 가득한 원망의 분노를 품고 있었다.

돌이켜볼 때 지금은 남의 손에 넘겨졌지만 그 밭의 소산물을 먹고 자란 나에게도 일부 책임이 있지 않은가? 늙고 병든 그녀보다 지금의 나는 사회적 경제적 기반을 다지고 있지 않은가? 하나님이 내게 넉넉한 물질의 복을 허락하셨을 때는 나를 있게 한 근본에서부터 지금까지의 매듭을 풀게 하시려는 것은 아니었을까? 그리고 이런 때를 대비하기 위해 연단시키고 기도하게 하며 말씀을 깨닫게 하신 것이 아니었을까? 허물진 조상의 카르마를 정리해 주변을 밝게 하려는 것이 거룩한 그분의 뜻이 아닐까? 고인이 되었지만 문제의 당사자들은 지금도 그녀에 대한 미안함 때문에 안타까운 한을 품고 있지는 않을까? 그리고 누군가 대신 매듭을 풀어주길 바라고 있지 않을까? 수십 년이 지나고 세대가 교체된 현대를 살아가고 있지만 지금이라도 맺힌 한을 풀어야겠다고 생각이 든 것은 그리스도께서 주신 선한 양심이며 용기였을 것이다.

"미안합니다. 용서하십시오. 제가 갚도록 하겠습니다."

무릎 꿇어 대신 용서를 빌고 보니 구구절절 피맺힌 한이 세 시간여 쏟아져 나왔다. 그녀는 친정에서만 억울함을 겪은 게 아니었다. 시댁 쪽에서도 똑같은 방식으로 고생한 대가를 빼앗기고 말았는데 학문의 기회를 가질 수 없었던 문맹의 슬픈 결과였다. 눈물겨운 20세기를 살아왔으나, 다행히 그녀는 좋은 사람 만나 건강한 3남매를 두고 있었으며 악착같이 살아온 덕에 소박한 집도 갖고 있었다. 그러나 늙고 병들어 매월 생활비가 필요해 보였다. 하늘로 돌아가기 전까지는 일정 연금이 되어드리리라.

생각에 머무르지 말고 바로 행동하라

그녀의 생일날 정성들여 선물을 준비해 찾아갔을 때, 그날은 유난히 분위기가 밝았다. 축하의 술잔을 채워드리자 연거푸 달고 맛있다며 잔을 비웠다. 그러고는 내게 특별한 고백을 하셨다.

"고맙다. 이제는 다 잊기로 했다. 지난밤 꿈에 너의 할머니와 아버지가 오셨더구나! 나는 네가 보내준 편지를 지금도 가슴에 품고 다닌다."

그녀는 무한정 내게 축복을 빌어 주고는 당신의 응어리진 가슴이 해방되었음을 확인해 주었다.

나는 그녀에게 감사의 편지를 썼다. 그녀의 입장을 헤아리며 괴로웠던 나의 마음을 담았다. 그리고 가해자로서의 우리 집안이 처해진 환경과 상황에 대한 이해를 구했다. 그리고 우리 형제들에 대한 원망 대신 축복을 기원했다.

사실 나는 가끔씩 돌아가신 할머니와 아버지를 꿈속에서 뵌다. 너무도 불쌍하고 외로운 그 모습을 꿈속에서 뵙고 나면 자다 일어나 멍하니 주변을 둘러보다가 날을 새곤 한다. 한 많은 그분들의 인생이 애달프고 그리워서 몸서리를 친다. 그런데 지금의 그녀는 내가 그리워하는 할머니와 아버지의 모습을 꼭 닮았다. 나는 그녀에게 하늘에 계신 그분들을 대신해 사랑과 정성을 다할 것이다. 그리고 행복할 것이다.

이렇게 나는 행복을 위한 일이라면 생각에 머무르지 않고 곧바로 실행하는 것에 원칙을 둘 것이다. 그것이 곧 하나님의 음성이자 뜻일 테니 말이다.

07 :

위기는 새로운 것을
시도할 수 있는 기회다

나는 수많은 결과를 얻었다. 대부분의 사람들은
행동으로 옮기지 않는 수천 가지의 좋은 생각을 가지고 있다.
토머스 에디슨

갑작스레 닥쳐온 위기

약국 근무 시절, 약사님의 말씀을 거역하고 쫓겨날 위기에 처한 적이 있다. 당시 나 말고도 관리직원이 한 명 더 있었는데 그분은 나보다 훨씬 연장자로 주말부부였다. 그는 외롭고 심심하다며 어느 날 약국 창고 옆에다 병아리 몇 마리를 사다 놓고 기르기 시작했다. 시내 주변에 병아리 부화장이 있었기에 귀엽고 예쁜 병아리를 거리에서도 쉽게 살 수가 있었다. 처음에는 재미삼아 약 박스에 구멍을 뚫어 키우기 시작했는데, 신기하게도 하루가 다르게 무럭무럭 컸다. 그도 재밌어했지만 쑥쑥 자라는 병아리를 볼 때마다 나도 신기하고 재미있었다.

하루는 그가 집에 가고 없을 때였다. 약사님은 갑자기 우리가 창고에서 기르던 약병아리를 포대자루에 담아오더니 시장의 닭집에 가서 잡아오라는 것이었다. 당황스러웠다. 아무리 잔심부름하는 약국 종업원이었지만 한창 부끄러움 많고 수줍음 많을 이제 갓스무 살 아가씨인데 말이다. 그것도 살아 있는 닭을 쌀 포대에 담아 쥔 그 모습도 그렇거니와 그것을 죽이러 가는 모습은 감당하기가 어려웠다. 그뿐만 아니라 병아리가 커가는 모습은 나에게 소소한 즐거움이자 행복이었기에 병아리 주인의 허락도 없이 잡아오라니 내키지가 않았던 것이다.

어렵게 거절했다. 고용주의 말을 거절한다는 것이 나 스스로도 용납이 안 되었지만 정말로 그것만은 들어줄 수가 없었다. 그러자 약사님은 나를 살살 구슬리다가 이내 무서운 얼굴로 명령을 하더니 다시 간절하게 부탁했다. 나는 이 난감한 상황에 어찌할 바를 몰랐다. 하지만 그래도 거절했다. 위기감을 느끼면서도 말이다. 약사님의 지시를 거절해 보기는 처음이었다. 예상대로 그는 자존심이 상했는지 얼굴이 일그러졌다. 그리고 내가 갖고 있는 약국 열쇠와 통장 등 그동안 내가 관리하던 것들을 모두 내어놓으라고 했다. 나가라는 소리였다.

갑작스런 위기였다. 나는 열여섯 살 때부터 이곳에서 일해 왔다. 그리고 안팎으로 충성된 심복이었다. 새벽 4시에 일어나 10여 리 길을 자전거로 달려 예배당서 새벽기도 후 곧장 약국 문을 열었다.

긴긴 겨울에는 새벽 6시면 한밤중처럼 어두운 새벽임에도 논산 시내 사거리를 환하게 불 밝히고 주변 길까지 청소했다. 그리고 새벽 손님을 대상으로 매출을 올리는 충성된 일꾼이었다. 또한 나보다 어린 약국집 자녀들을 위해서도 온갖 심부름을 다했다. 비 오는 날에는 학교에 우산을 가져다주고, 준비물을 놓고 가면 가져다주었으며, 그집 할머니 목욕시키는 일까지 온갖 잔심부름을 하면서 충성을 다했다. 학교로 심부름을 갈 때면 혹시라도 나의 동기들을 만나게 될까 봐 두려웠다. 죄 지은 것도 아닌데 죄인처럼 교복 입은 학생들 앞에서 눈치를 보고 숨어버리곤 했었다.

이렇게 겉으로는 활발했지만 내면은 항상 서러운 눈물을 삼키며 미래를 향한 꿈을 키웠다. 그러나 막상 내쫓김을 당할 처지이고 보니 마음이 외롭고 쓸쓸했다. 어떤 목적을 두고 내 스스로 떠나는 것과 쫓겨나가는 것은 차원이 달랐기 때문이다. 우선 부모님 얼굴이 떠올랐다. 부끄러움을 안겨드릴 생각을 하니 아찔했다.

삶의 위기에서 얻은 경험적 진리

밤 10시 30분, 약국 문을 닫고 숙소인 약국 안집으로 퇴근을 했다. 약국 안집은 2층 단독주택이었다. 약사 내외분은 2층에서 지내셨고 나머지 가족들은 1층에서 생활했다. 나는 1층 주방이 딸린 작은 방에서 가정부 아주머니와 함께 지내고 있었다.

당시 안주인이신 사모님은 논산 시내에서 가장 큰 감리교회 권사님이었는데 모처럼 여선교회에서 제주도로 여행을 가신 상태였다. 가시면서 내게 몇 번이고 뒷일을 부탁하고 떠나셨다. 워낙 까다로운 약사님의 성격에다 아이들과 할머니 등 걱정이 많은 탓이었다. 나는 약국일과 집안일 모두 걱정하지 마시고 잘 다녀오시라고 했었다. 그래서 더욱 책임감을 갖고 있었다. 그런데 그사이에 이러한 사단이 난 것이다.

그 밤에 나는 자전거를 타고 5~6킬로미터 떨어진 나의 시골집의 모 교회를 찾아갔다. 약사님이 출석하는 시내의 큰 교회도 있었지만, 나는 유년 시절의 추억이 깃든 이곳 시골 교회에서 신앙생활을 하고 있었다. 다른 때도 그랬지만 이 날은 밤새 울며 예배당 안에서 기도했다. 그곳에서 졸다 깨다 새벽예배까지 마치고 다시금 약국으로 돌아왔다. 다른 때 같으면 주무시고 계실 시간에 약사님이 약국의 불을 환하게 밝히고 앉아 계셨다.

나는 그만둘 때 그만두더라도 당장 내가 할 일은 해야겠다고 생각했다. 그래서 안집에 가서 손님들이 마실 보리차를 끓여 보냉기에 담고 컵과 쟁반을 준비해 약국으로 나갔다. 그리고 아무 일 없었다는 듯 평소대로 총채질을 하며 청소를 시작했다. 그러자 가만히 앉아 있던 약사님이 부르셨다. 나는 그 앞에 의자를 끌어다 바른 자세로 앉았다.

약사님은 내게 간밤에 어디 갔었냐고 물었다. 그러고는 나 때문에 한잠을 못 주무셨다고 했다. 내가 어젯밤 대문을 열고 나가는 소리를 듣고 그때부터 잠을 못 이루셨다고 했다. 당신의 행동으로 내가 집을 나갔다고 생각한 것이다. 그런데 내가 다시 돌아와서 변함없이 아침을 시작하니 고맙고 반가웠던 것이다.

나는 교회 가서 밤새 기도했던 일과 그 자리에서 잠들어 새벽예배까지 드리고 왔음을 말씀드렸다. 그러고는 뭐가 서운했는지 어깨가 들썩이도록 울었다. 그냥 설움이 북받쳤다.

그러자 약사님은 "이눔아, 그러게 내 말을 좀 듣지 그랬냐."라며 다독이셨다. 그러고는 내게 월급을 얼마나 받느냐고 물으셨다. 나의 월급은 사모님이 주셨기 때문이다. 그래서 얼마를 받는다고 말했더니 갑자기 다음 달부터 월급을 45% 이상 인상해 주겠다고 하셨다.

정말 자존감 넘치는 숫자였다.

'위기는 기회다'라는 말은 어느 순간부터 확고한 진리처럼 내 가슴에 박혀 있다. 직장 다니면서도 그랬고 사업하면서도 그랬다. 매 순간 부닥쳐야 했던 삶의 위기에서 얻어진 경험적 진리다.

시련은 한 단계 발전하는 계기가 된다

나는 현재 남편과 함께 5개의 사업장을 운영하고 있다. 아파트 회계실무 및 관리실무 전문교육원이다. 이 프로그램은 우리가 국내 최초로 개발해 업계에 정착시켰다. 전혀 새로운 내용을 개설해 업계에 알리고 정착시키기까지 수많은 비용과 에너지가 투입되었다.

그러나 이것이 업계에 알려지고 어느 정도 수입을 올리고 안정될 즈음 여기저기 우후죽순처럼 본 교육원을 모방한 학원이 늘어나기 시작했다. 그들은 모두 우리의 직원이거나 함께 일하던 사람들이었다. 그러다 보니 우리의 정보를 속속들이 알고 그대로 모방할 수 있었다. 그리고 더 기가 막힌 것은 우리의 교육프로그램은 물론 교재와 광고방법까지 똑같이 따라 한 것이다. 그리고 학원 상호까지 비슷하게 만들어 사용했다. 자칫 죽 쒀서 남 좋은 일 하게 된 것이다.

외로웠다. 잠을 잘 수가 없었다. "주님여, 이 손을 꼭 잡고 가소서. 약하고 피곤한 이 몸을, 폭풍우 흑암 속 헤치사 빛으로 손잡고 날 인도하소서." 노래를 불렀다. 기도를 담은 노래였다. 애인을 생각하듯 밥 먹을 때나 양치질을 할 때도 도우심을 바라며 기도했다. 내 것을 빼앗기지 않기 위한 노력. 그것은 보이지 않는 인생의 게임이자 전쟁이었다.

맞불작전을 놓았다. 그동안 멀어서 망설이던 수요자들을 위해 교통중심지마다 깃대를 꽂았다. 경쟁자들이 설립한 위치이기도 해서 보란 듯이 전략적으로 실행한 것이다. 돈이 중요한 것이 아니라 자존심의 대결이었다. 우리는 수요자들의 핵심 요구조건과 필요조건을 찾아 차별성을 위해 노력했다. 덕분에 사업장이 한 개에서 다섯 개로 급속도의 확장을 하는 계기가 되었다.

역시 선두의 이미지는 배신하지 않았다. 모방하던 사람들은 오래 가지 못하고 하나둘씩 접기 시작했다. 그런데 또 다른 곳에서 위기가 찾아왔다. 국가정책으로 인한 제도적 환경이었다. 개인사업자로서의 우리는 기존의 방식대로 운영해 가고 있는데 제3의 사업자들이 국비지원을 받아 우리의 교육프로그램을 운영하는 것이었다. 사람들은 아무리 멀어도 공짜를 향해 찾아 나서고 있었다. 약 3년 동안 겨우겨우 현상유지를 하면서 적자를 면하기 위해 노력했다. 아마도 이를 대비하고 버틸 힘을 준비하지 않고 있었더라면 벌써 말아먹었을 것이다.

우리가 살아남을 힘이란 일정기간 버틸 수 있는 재정적 뒷받침이었다. 그리고 일정기간 안에 이것을 타계할 만한 궁극적 가치를 찾는 것이었다. 국비지원 관련 전문경영수업을 받는 한편, 수요자의 핵심 가치인 취업시장을 더욱 단단히 다졌다. 강한 자가 살아남는 것이 아니라, 살아남는 자가 강한 것이라는 이념을 확고히 한 것이다.

타 기관의 수료생들이 취업이 안 되어 방황했지만 우리 교육원의 수료생들은 80% 이상의 높은 취업률을 달성하고 있었다. 그동안 업계에 다져놓은 에너지가 바탕이 되었기 때문이다. 결국 우리는 취업률로 승리를 거둔 것이다. 결국 위기는 특수한 교육시장을 정부에 알리는 계기가 되었고, 이는 정부가 관심을 둘 만한 우수한 교육기관으로 한 단계 발전하는 계기가 되었다.

2018 올해의 히트브랜드 대상 시상식에서

08 :
오래 살아남는 자가
가장 강한 자다

자기 자신에게 이기는 것은
승리 중에서도 최대의 것이다.
플라톤

운 좋게 시작한 기자생활

어릴 적 감동적인 책을 읽으면서 '이런 멋진 책을 쓴 사람을 한 번만이라도 만나 봤으면 좋겠다'라는 생각을 했었다. 적재적소의 알맞은 단어들도 그렇고 문장과 문장을 연결해 긴 사연을 만들어 내는 능력이 너무도 신기했기 때문이다.

그러던 중 학부를 마치고 마땅한 취업 자리를 찾고 있었다. 그러다 한 주간신문사 취재기자로 채용되는 행운을 얻었다. 아르바이트생을 구한다는 광고를 보고 찾아갔는데 그 자리에서 정식기자로 채용된 것이다. 교회 청년부를 지도했던 담임 선생님이 그 신문사의 편집국장을 맡고 있었는데 평소 나를 좋게 봐 주신 덕분이라고 생각한다.

입사 후 처음 받은 임무는 각 출판사에서 보내 준 신간 책자를 읽어 보는 것이었다. 그리고 그에 대한 서평과 함께 독자들에게 소개해 줄 만한 기사를 작성하는 것이었다. 원고지 2~3매 정도면 충분히 이 과제를 수행할 수 있었지만 나에게는 꼬박 한나절이 걸렸다. 그 후로 주요 출입처가 생기고 활발하게 기자활동을 했다. 그러나 써낸 원고는 데스크(편집국장)로부터 빨간 펜으로 체크되어 삭제, 수정 작업이 반복되곤 했다. 그럴 때마다 부끄럽고 미안한 마음이 들었다. 데스크에 의해서 수정된 기사는 내가 보기에도 깔끔하고 만족스러웠다. 그런 만큼 지면으로 발행되었을 때는 오히려 으스댈 수 있는 뿌듯함마저 들었다.

수습기간이 지나고 어느 정도 업무에 익숙해진 지 6개월쯤 되었을 때, 내 밑으로 A라는 후배 기자가 들어왔다. 그녀는 전문 언론인 교육을 받은 사람이었다. 겉모습만으로도 충분히 퀄리티가 느껴질 정도로 매우 똑똑하고 유능해 보였다. 목소리는 카랑카랑했고, 사용하는 어휘도 세련되고 예리했다. 그리고 누구나 어려워하는 국장님 앞에서도 당당했다.

A가 쓴 기사는 내가 쓴 기사보다 훨씬 깔끔하고 군더더기가 없었다. 한 지면을 모두 채워야 할 만큼 장문의 기획기사를 쓸 때도 그의 글은 매끄러웠다. 때문에 내 실력과 비교를 할 수밖에 없었고, 이내 그 차이를 느끼게 되었다. 나는 위축감을 느꼈다. 자괴감과 열

등감으로 괴로웠다. 하지만 그녀를 미워하거나 싫어한 적은 없다. 그녀는 성격조차 좋아서 모두를 밝게 했다. 그뿐만 아니라 연령이 조금 많은 내가 몇 개월 선배라고 잘 따라 주었다.

신문사에서는 매일 아침 편집회의를 했는데 앞서 간단한 채플시간을 가졌다. 그리고 돌아가면서 대표기도를 드리는 순서가 있었다. 나는 내 차례가 될 때면 언제나 마음속 탄식이 기도가 되어 자기 고백적 눈물을 쏟아 내고 말았다. 부족한 실력을 안타까워하며 설움이 북받쳤기 때문이다. 의도치 않은 내 모습은 업무의 시작을 무겁게 했다. 그때마다 나는 동료들에게 미안하고 쑥스러워 숨어 버리고 싶었다.

삶은 전쟁터다

언론계에는 종합일간지 말고도 특수 분야의 주간신문사만 10여 개가 넘었다. 거기서도 정치, 경제, 종교, 사회, 문화로 다양한 출입처가 정해져 있었다. 기자들은 주요 출입처를 정할 때 이익이 들어오는 곳을 '영양가 있는 곳'으로 분류했다. 취재원에게 유리한 좋은 기사를 써줌으로써 적당한 촌지가 주어지고 대접을 받았기 때문이다. 이런 곳은 주로 선배 기자들의 차지였다. 새내기 기자들은 변방의 메마른 자리만 찾아다니기 일쑤였다.

하지만 내 밑의 후배 기자는 타사의 유능한 선배 기자들을 따라 영양가 좋은 곳을 찾아다니곤 했다. 내가 가야 할 곳을 후배가 차지하고 있으니 나는 무척 서운하고 자존심이 상했다. 이는 영역

권의 문제이자 업계에서 기자를 바라보는 서열 문제이기도 했다. 그렇다고 스스로 소스를 찾아다니는 그녀를 나무라기도 어색했다.

몇 날 며칠을 고민하던 나는 편집국장께 면회를 요청했다. 그리고 내면적 갈등을 진솔하게 털어놓았다. 그녀를 비난한 것이 아니라 자초지종 상황을 설명한 것이다. 그리고 나의 부족함에 대한 안타까움을 토로했으며, 내면적 고충과 슬픔을 고백하기도 했다.

이야기를 들으신 국장님은 외출하고 돌아온 후배 기자를 부르더니 선후배 간 질서를 정리해 주었다. 내부 질서를 중요시해서였기도 했지만, 타사 선배 기자들과 어울려 이익 되는 곳만 찾아다니는 A 기자를 나무란 것이다. 이 일로 인해 후배 기자는 낙심한 듯 보였다. 그러더니 어느 순간 제풀에 꺾여 퇴사하고 말았다.

그때 나는 느낀 것이 있다. 삶의 현장은 전쟁터라는 것. 진정한 실력은 반짝 튀는 똑똑함이 아니라 묵묵한 뚝심이라는 것. 그리고 '오래 살아남는 자가 강한 것'이라는 경험적 진리다. 어쨌든 남아 있는 자로서 나는 많은 경험을 할 수 있었다.

육군참모총장이자 국방 장관을 역임하신 김동신 장관을 인터뷰하고자 할 때는 매일 아침 7시 30분에 출근해 국방부 비서실에 전화했었다. 한사코 거절하던 비서실은 결국 10분간의 미팅을 허락해 주었다. 꽉 채운 스케줄 속에 우리처럼 작은 신문사를 위해 시간을 허락해 준 것은 대단한 일이었다.

짧은 인터뷰를 마치고 장관께서는 기념패를 선물로 주셨다. 남자들 사이에서 군대의 최고 지휘자가 하사한 명패는 집안의 가보로 다룬다는 것을 나중에야 알았다. 신문사의 광고국장이 나의 책상에 세워 둔 장관의 명패를 볼 때마다 감탄하며 부러워했다. 그래서 나는 "그렇게 부러우시면 가져가도 좋다."라고 물건을 허락하고 말았다.

신문사 취재기자로 활동하면서 가장 좋은 점을 꼽으라면 내 돈을 들이지 않더라도 아름다운 전국 여행을 할 수 있다는 것이다. 그리고 일반인에게는 통제된 각종 시설물과 생활현장을 생생하게 체험하며 그것을 기사화할 수 있다는 점이다.

내가 가본 현장 중에서 가장 인상 깊었던 곳은 청송교도소였다.

교도소 내의 수형자의 생활공간이 그렇게 깊은 지하에 있다는 것이 놀라웠다. 그리고 고층 아파트보다 높아 보이는 담벼락도 인상적이었다. 이 속에서 일어나는 다양한 사건과 사례들은 진정 살아 있는 생명력을 체감하게 했다.

당시 교정선교회장으로 계시던 고(故) 이정찬 회장을 따라갔을 때의 일이다. 교도소 내에서 교회 찬송가가 그렇게 크게 울려 퍼지는 것을 보고 깜짝 놀랐다. 넓고 깊은 지하층에 수백 명이 동시에 앉을 수 있는 강당이 있었다. 그곳에서 푸른 죄수복을 입은 수형자들이 힘껏 박수를 치며 찬송을 부르고 있었다.

관계자의 말에 의하면 통제를 받는 수형자들은 이 종교 활동시간을 그나마 자유로운 시간으로 받아들인다고 한다. 크게 박수를 치고 노래를 부르는 것은 신앙이 좋아서라기보다는 그 행위를 해 스트레스를 해소하고자 함이라는 것이다. 수형자들 사이를 오가며 취재하는 동안 담당 교도관은 무척 민감한 상태로 나를 지키고 있었다. 행여 굶주린 하이에나처럼 본능에 목마른 수형자들에 의해 해를 당할까 봐 경계하는 것이었다.

사실 나는 사전에 주의를 철저히 받았었다. 실제 상황에서도 여러 명의 교도관이 간격을 유지하면서 경계를 하고 있어서 크게 걱정되지는 않았다. 하지만 약간의 방심이 큰 화를 불러왔던 그동안의 사례들이 있어서 교도소 내에는 주의를 소홀히 해서는 안 된다는 철칙을 준수하고 있었다.

나에게 동기를 부여해 주는 소중한 사람들

현재 나는 50대의 중년이 되었다. 청소년기를 보냈던 7년 3개월의 약국 생활은 학교교육에서 받을 수 없는 인생의 깊은 철학과 교훈을 얻은 시간이었다. 그리고 이때 멘토로 만났던 서상옥 목사님은 나의 앞길을 환하게 밝혀 주는 등불 같은 존재였다. 내가 책을 쓴다면 이에 대한 이야기도 빼놓을 수 없는 부분일 것이다. 그리고 목사님의 사역처럼 나 역시 다른 누군가를 위해서 사용되어지길 원하고 있다.

또한 신문기자로 채용해 준 나원준 편집국장 역시 내 인생의 제2의 멘토였음을 부인할 수 없다. 그리고 현재를 완성시키고 있는 나의 남편, 동역자이자 동반자로서의 이야기는 심금을 울릴 것이다.

최근 나는 한책협의 김태광 대표 코치를 만나게 되면서 새로운 기대와 흥분으로 가득 차 있다. 언젠가는 나만의 이야기로 책을 내고 싶었는데 그와 부합되는 환경을 이제야 만난 것이다. 7주 차로 진행되는 책쓰기 과정은 내가 살아온 이야기와 깨달음, 해결책을 담는 과정이다. 그렇지 않아도 평소 나는 사람들과 만나서 살아온 이야기를 나눌 때면 울고 웃는 감동을 만끽했었다. 그런데 이것을 책으로 만들자니, 보통 신나는 일이 아니다.

한책협을 통해 책을 쓴 사람들의 이야기는 그 어떤 소설이나 영화보다 진한 향기와 감동을 지니고 있다. 그리고 그들이 깨달은 진리는 그 어떤 말씀보다도 깊은 매력을 담고 있다. 그런 만큼 독자들로 하여금 자신의 삶을 돌아보게 한다. 또한 '나도 할 수 있다'라는 자존감과 인생에 대한 강한 동기부여를 해 주고 있다.

　나의 어릴 적 꿈은 크게 세 가지였다. 하나는 스스로 벌어서 공부하는 일이었고, 두 번째는 자수성가해 TV에 나오는 것이었다. 마지막 세 번째는 오직 나만을 사랑하고 아껴 주는 바보 같은 사람을 만나서 세상에서 가장 부러워할 만한 아름다운 가정을 만드는 일이었다. 이 때문에 중·고등학교에 진학하는 대신 경제활동에 뛰어들었다. 그 과정에서 몹시 외롭고 슬프기도 했다. 하지만 지금 생각해 보면 가장 의미 있고 보람된 훈련과정이 아니었나 생각된다.

　과연 스스로 벌어서 공부하는 일이 쉽던가? 나에게 정규과정이라고는 초등학교 졸업장이 전부다. 그런 내가 중학교, 고등학교, 대학 과정을 장대높이뛰기 하듯 건너뛰고 선망의 눈으로만 바라보던 명문대 캠퍼스를 밟으며 석사 학위를 받았다. 자수성가, 그게 말처럼 쉽던가? 하지만 나는 다 이루었다. 무에서 유를 창조하듯 대한민국 최초의 교육 아이템을 만들어 세상에 유포했다. 그리고 사람들에게 유익을 주고 직업을 얻게 하여 보람과 행복을 선물하고 있다. 거기에다 가장 중요한 내 인생의 동반자, 온달 같은 나의 남편은 어쩌면 그리도 나의 부족한 면을 딱딱 채워 주고 있는지 신기할 따름이다. 이것은 필시 하나님이 아니고서는 도저히 만들어 낼 수 없는 최고의 걸작이다.

나는 한순간에 펼쳐진 무의미한 이야기 말고 진한 삶의 향기 물씬 풍기는 인생의 희로애락을 사람들과 함께 나누고 싶다. 그리고 삶의 기로에서 고군분투하는 젊은 영혼들에게 나 같은 사람도 이루었으니 당신도 이룰 수 있다는 힘 있는 메시지를 전해 주고 싶다. 베스트셀러 작가가 별거 있나? 독자와 작가가 한마음이 되어 함께 울고 웃으면 그만인 것이지.

(본 원고는 《버킷리스트20》에 실렸던 글임을 밝힙니다.)

2장

어떤 편견에도
나의 가치를 믿어라

실패는
당신의 잘못이 아니다

우리의 가장 큰 자랑은 불패가 아니다.
실패할지라도 반드시 재기한다는 데 있다.
한신

원잉 아저씨와의 추억

1970~1980년대에 충남 논산의 우리 고향 사람이라면 어김없이 기억하는 한 사람이 있다. 일명 원잉 아저씨. 원잉이란 명칭이 그의 정확한 이름인지 발음에 의해 그냥 불리던 것인지는 알 수 없다. 그의 등에는 언제나 커다란 괴나리봇짐이 넝마주이처럼 짊어져 있었고, 벙거지 모자를 쓰고 분유통만 한 깡통 하나를 안고 다녔다. 그는 큰 작대기 지팡이를 하나 들고 이집 저집 문전걸식을 했다. 그때 당시 그의 나이는 50대라고 했다. 성은 윤 씨라고 했으며 들리는 소문에 의하면 원래는 일본유학을 다녀올 정도로 유식한 사람인데 너무나 머리가 좋은 나머지 돌아버렸다고 했다.

그의 처소는 동네 뒷산의 작은 굴이나 무덤이 되기도 했고, 한 적한 들판의 짚더미가 되기도 했다. 등하교 길에서 간혹 그가 논바 닥의 물로 세수하는 모습을 볼 수가 있었다. 그는 낯선 동네에 들 어가 아이들의 짓궂은 팔매질을 당하기도 했다. 그럴 때마다 그는 커다란 작대기로 아이들을 쫓아버렸다.

"하이 좀 하이 좀…."

"바바라밥 밥 줘, 밥…."

아침저녁으로 식사 때가 되면 그는 어김없이 우리 집 대문 앞 에 서서 밥 달라는 주문을 외웠다. 그러면 우리 어머니는 그를 위 해 당신의 밥그릇에서 반절 푹 퍼내어 뜨거운 국물과 함께 그의 깡 통밥그릇에 담아 주었다. 어머니의 따뜻한 정이 느껴져서일까? 간 혹 그는 어디서 얻었는지 조기 한 마리, 대파 한 개, 고구마 몇 개 를 대문 앞에 주욱 나열해 놓았다. 그러면 어머니는 그걸 주워 깨 끗하게 씻어 요리를 했다. 그래서 우리 형제들도 먹이고 그 아저씨 에게도 고루 나누어 주셨다.

당시 우리는 농사를 지었음에도 양식 걱정을 했다. 딸만 내리 셋을 낳으시던 어머니는 어느 날 남동생을 낳으셨다. 동네 사람들 은 입을 모아 "원잉 아저씨한테 잘하더니 하늘이 복 주셨네."라며 축하해 주었다.

하지만 그분의 춥고 고달픈 생활은 계속되었다. 계절이 바뀌고 해가 바뀌면서 아저씨는 점차 늙어갔다. 때로는 바람이 몹시 불고

온 땅이 꽁꽁 얼어붙는 추운 날씨에 식사 때가 되어도 그가 나타나지 않으면 얼어 죽은 것은 아닌지 걱정하곤 했다. 그분이 무사히 다녀가면 우리 가족들은 안도의 한숨을 내쉬기도 했다.

어느 추운 겨울날, 그가 위독하다는 소식이 들려왔다. 동네 짚더미에 쓰러져 신음하는 그를 동네 사람들과 함께 지켜봤다. 그의 맑은 눈빛과 함께 심장만 가늘게 살아있을 뿐, 손발은 물론 그의 아랫도리 전체가 동상이 걸린 채 꽁꽁 얼어붙어 있었다. 사람들이 죽을 끓여다 그에게 먹이려 하였으나 그는 먹지 못했다. 그저 죽을 날만 기다리며 사람들의 안타까운 시선을 받아내고 있었다.

며칠 후 드디어 그가 사망했다고 동네에서 징이 울렸다. 사람들은 그를 위해 돈을 추렴했고 아버지를 비롯한 동네 어른들이 꽃상여를 준비해 양지 바른 공동묘지에 묻어 주었다.

"모든 눈물을 그 눈에서 닦아 주시니 다시는 사망이 없고 애통하는 것이나 곡하는 것이나 아픈 것이 다시 있지 아니하리니 처음 것들이 다 지나갔음이러라."(요한계시록 21:4)

이 세상을 하직하게 될 때 나는 그를 천국에서 만나 보기를 희망한다. 아이들에게 돌팔매를 당할 때 얼마나 괴로웠는지, 잠잘 때 얼마나 추웠는지, 먹을 것이 없어서 얼마나 배고팠는지, 영양 부실로 걸음걸음이 얼마나 힘들었는지 등등을 물으며 그의 괴로웠던 삶을 위로할 것이다. 그리고 고통 없는 행복을 누리며 함께 즐거워할 것이다. 30여 년이 지난 지금도 그에 대한 추억은 슬프고 애달픈 그리움처럼 살아있다.

삶은 온전함을 향해 나아가는 과정이다

최근 연세대학교 교육대학원 석사학위 논문을 쓰면서 나는 나의 삶 이야기를 연구논문의 소재로 사용했다. 그것은 지도교수이신 정재현 교수님(종교철학 전공)의 제안 덕분이다. 그분의 저서《묻지마 믿음 그리고 물음》을 읽고 강의를 들으면서 모순 가득한 나의 믿음과 신앙을 거울처럼 들여다본 것이다.

어린 시절, 가난하고 따분한 환경을 탈피하고 싶어서 찾게 된 하나님. 그것은 불쌍한 우리 아버지 대신 부자이면서도 힘센 또 다른 아버지를 갖고 싶었던 인간적 욕망이었다. 이렇게 찾게 된 나만의 절대적 존재는 진짜 하나님이 아니라, 나의 욕망이 만들어놓은 우상이었다는 것을 나중에야 알았다. 자유롭고 행복해야 할 인간이 도리어 종교로 인해 억압당하는 모순. 스스로를 판단하고 정죄하고 옭아맸던 철부지 신앙. 그것은 본인은 물론 다른 사람에게도 억압과 속박을 가하는 것이었다.

나는 종교적 경험과 그 안에서 벌어지는 억압을 분석했다. 억압을 다룬 것은 당연히 해방을 위한 것이었다. 물론 핵심은 삶의 의미와 인간의 행복이다. 그래서 삶과 죽음, 인생의 즐거움과 슬픔을 풀어내고 되씹었다. 그리고 학문적으로도 풀어내었다. 내가 적용한 철학자들의 사상을 잠시 소개한다.

인도 태생의 종교학자 파니카는 인간이 언제나 동일하게 정체성을 유지한다는 허상이 빚어내는 우상들을 파괴할 것을 주장한다. 내가 이미 계속해서 다름을 받아들이면서 만들어져 가고 있듯이, 종교도 그러하니 내 것이라고 주장할 것이 따로 없다는 것이다. 종교도 이름만큼 확실하게 갈라지는 것이 아니라는 것이다. 그렇다면 이름만 내세워서 서로 싸우고 갈라지고 전쟁까지 할 일이 아니

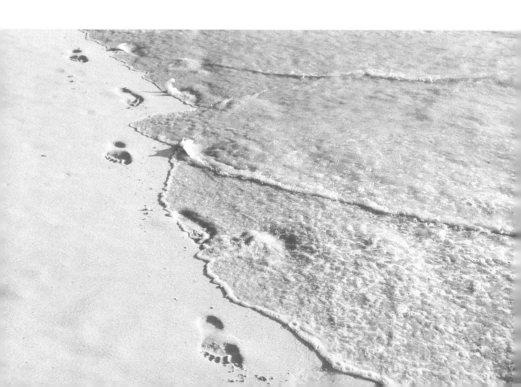

라고 강변한다.

여기에 일본의 선불교 종교철학자인 니시타니 게이치는 내면적 자기성찰과 자기 비움을 말한다. 세상이나 인간이나 홀로 영원히 존재하는 실체도 아니고, 스스로 주도권을 주장할 수 있는 주체도 아니며 그 스스로 텅 비어 있으면서 이루어가는 자체일 뿐이라고 가르친다. 인간도, 인간의 삶도 그러하니 스스로 영원할 것 같은 착각에서 벗어나라는 것이다. 이는 잠시 뭉쳐진 것일 뿐, 버리고 비우면서 어우러지는 것이 마땅한 삶의 길이라고 역설한다. 이를 기독교에 적용해 보니 하나님이 세상을 구원하기 위해 자기 자신이기를 부정함으로써 구원자 하나님이 되신 것처럼, 우리는 우리 자신을 부정함으로써 자체가 되고자 노력해야 한다는 것이다.

유태인으로서 포로수용소의 체험을 철학적으로 성찰한 레비나스는 타자윤리를 제시한다. 그에 의하면 신은 타자의 얼굴을 통해 말을 건넨다. 그러기에 타자를 언제나 환대해야 한다는 것이다.

이런 사상가들을 통해서 나는 나의 종교와 신앙을 되돌아보게 되었다. 내가 그토록 목숨처럼 지키고자 했던 신앙이 얼마나 나의 중심이었던가. 내 중심의 신앙으로 얼마나 다른 사람을 판단해 왔던가를 돌아본 것이다. 그리고 보니 나는 오만하기 그지없었다. 나 자신의 굴레에 갇혀 속박되고 있었음을 깨닫게 된 것이다. 이것은 석사학위 과정에서 얻은 최대의 수확이요, 보람이었다.

　돌아보건대, 진정한 하나님을 찾기 위한 학자들의 연구와 노력은 대단했다. 수백 년을 거쳐 연구 노력해 온 결과들은 엑기스적인 핵심들을 도출해 내고 있기 때문이다. 이 또한 또 다른 시각에서 새로운 이론이 나올 수는 있겠다. 그러나 인간의 자유와 행복을 지향한다는 점에서 전율이 흐르는 감동을 자아내고 있다. 그렇기에 여기에 단 몇 줄로 내가 살펴본 학자들과 그들의 사상을 소개한 것이 오히려 그들의 명예에 훼손되지 않을까 우려된다. 단순히 읽고 반복하는 전달자의 일방적인 견해로 또 다른 이미지를 연출할 수 있기 때문이다. 그러나 그것은 우리의 잘못이 아니라고 생각한다. 그냥 되어가는 과정일 뿐이다. 어쩌면 내 기억 속에 살아있는 숱한 허물과 실수들은 실패한 것이 아니라 온전함을 향해 나아가는 것이기 때문이다.

시련 속에서
꽃이 핀다

웃는 자가
승자일지니!
메리 페티본 풀

언제나 날 웃게 해 주는 남편

나는 타고난 복덩이다. 죽기 살기로 쫓아다니던 남편은 오로지
나를 위해 태어난 사람 같기 때문이다. 자신의 건강을 지키는 것도
현주 때문이요, 돈을 버는 것도 현주 때문이라니… 이 얼마나 든든
한 백그라운드인가.

친구들이 이러한 나를 부러워하는 것은 당연하다. 돈을 벌 줄
만 알았지 쓸 줄을 모르는 나의 남편은 지금까지 본인 스스로를
위해 돈을 써 본 적이 별로 없다. 아마도 일거수일투족 필요한 것
을 내가 알아서 준비해 주기 때문일 거다.

처음에는 그의 개성이 무엇인지도 모르고 나이답지 않은 중후

한 느낌의 정장을 입혀왔다. 젊은 사람에게 중년의 이미지를 연출해 온 것이다. 오죽하면 30대 초반의 관리소장 시절에 입주민들은 그의 실제 나이를 놓고 내기를 했을 정도다. '50대 중년'이라는 측과 '그보다는 젊다'는 측의 대결이었다. 그래도 오늘날까지 한 번도 싫다는 소리를 들은 적이 없다. 내가 무엇을 사서 입히든 그는 무조건 좋다고 한다.

한번은 그와 함께 한강공원에서 개최된 협회체육대회에 다녀오는 길이었다. 그날은 약간의 비가 오락가락했던 터라 긴 우산을 하나 가지고 있었다. 버스에 올라탔는데 의자에 앉아 있던 학생이 남편을 힐끗 보더니 벌떡 일어났다. 내리려고 그런 줄 알았더니 남편에게 자리를 양보한 것이었다. 그러고 보니 남편의 흰색 상하의 모시남방과 마 소재의 바지, 그리고 협회에서 제공한 기념 모자는 시원해 보이기는 했지만 영락없는 노인의 모습이었다. 게다가 긴 우산이 지팡이 역할을 하는 바람에 완벽한 노인의 모습이 연출된 것이다.

남편은 가끔 자신은 오래 살지 않을 것이라고 말했었다. 사는 게 힘들어서였을 것이다. 그러나 나는 그때마다 좋다고 큰소리를 쳤다. 일찌감치 돈도 벌어놨겠다, 딸린 식구도 없으니 얼마나 좋을까 싶어서다. 그야말로 자유로운 영혼이 되어 더욱 멋지고 행복하게 살 것이라고 했다. 남편은 엄청 서운했을 것이다.

그래서 그런지 요즘은 엄청 건강에 신경을 쓴다. 즐겨 피우던 담배도 끊고 운동도 열심히 하더니 비만이던 체중을 15킬로그램 이상 줄여 몸짱이 되었다. 매일 챙겨먹는 건강식품만 수십 가지다. 백세시대이니 본인은 110세까지 살겠다고 호언장담한다. 그의 억지스러운 농담을 함께 즐거워하는 이유가 있다. 그동안 내게 보여준 피나는 노력과 결단이 멋지고 고마워서다.

나를 돌아보게 만든 남편의 편지

처음 그를 만났을 때만 해도 나는 내가 엄청 잘난 사람인 줄 알았다. 아니, 헛바람이 들어 있었다. 그래서 그를 많이 힘들게 했다. 주관적 믿음과 확신이 없었음에도 막연한 미국 유학을 제시하던 멘토의 말씀에 순종하느라 자연스런 삶의 흐름과 만남을 거부하고 있었던 것이다. 그와 마주하게 될 때면 나는 허리를 꼿꼿이 세우고 얼굴을 들어 내가 가야 할 길을 말해 주곤 했다. "당신과 나는 서로의 갈 길이 다르니 나 말고 다른 좋은 분을 만나시라"고 돌려보내기를 반복했던 것이다.

그러나 인연이 되려면 어느 한쪽 콩깍지가 씌워지나 보다. 그는 매일 밤 편지를 써서 우리 집 우체통에 넣어놓았다. 어느 때는 한밤중인데도 미친 듯이 뛰어와 초인종을 누르는 바람에 내가 야단을 치기도 했었다. 그러면 그는 내 꾸짖는 목소리만 듣고도 안심해 "미안하다"는 말을 남기고 돌아갔었다. 그는 여지없이 장문의 글을 써서 자신의 입장을 밝히는 편지를 보내오곤 했다. 그의 편지는 글씨체도 멋있었지만 진심이 담긴 메시지 하나하나를 읽을 때마다 정말 안타까웠다. 정말 진솔하다는 느낌, 그리고 이런 사람을 다시 또 만날 수 있을까 하는 의구심이 들었다. 내가 성공을 한들 그때 되면 대략 30대 후반이나 40대 초반이 될 것 같은데, 그렇게 되면 나의 순수한 짝으로서의 이성은 이미 모두 물 건너가고 없을 것 같아 불안했다. 이런저런 생각으로 고민을 많이 했다. 하지만 그래도 '안 돼'였다.

그러던 어느 날이었다. 학교 수업을 마치고 집으로 돌아와 보니 식탁에 한 아름 장미꽃다발과 선물과 케이크가 놓여 있었다. 그리고 황색 서류봉투도 함께. 주인집 아가씨의 말에 의하면 어떤 남자가 나에게 선물과 함께 이 서류봉투를 전달해 달라고 했단다. 그에게서 나도 잊고 있었던 나의 생일선물이 보내진 것이었다. 장미는 내 나이와 같은 스물일곱 송이였다.

서류봉투를 열어 보았다. 편지였다. 일필휘지로 휘갈긴 글씨체로 장장 3권의 편지가 들어 있었다. 편지의 내용은 가관이었다. 좋은 말, 달콤한 말이 담긴 단순한 연애편지가 아니었다. 신랄하게 나를 향해 쏘아붙인 송곳 같은 비판의 글이 빼곡하게 순번을 달아 적혀 있었다. 나를 잊기 위한 자신만의 방법이니 용서하라고 되어 있었다. 그중 생각나는 문구는 "(자신의 일을 교회 목사님의 의견에 맞추는) 부화뇌동하는 여자, 한낱 얼굴에 기미와 주근깨로 늙어가는

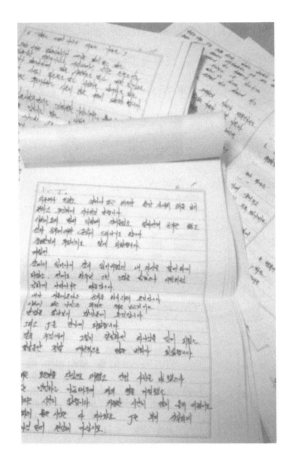

남편이 쓴,
나에 대한 송곳 같은
비판의 글

여자, 뭔가에 묶여 있는 듯 답답한 여자, 잘난 여자…" 등등이었다.

순간 찔리면서도 빵 터졌다. 그리고 심각하게 나를 돌아보는 시간을 가졌다. 내가 생각해도 그의 말이 사실이었던 것이다. 사실 잘난 것이 하나도 없는데 엄청 도도하게 굴었던 것이다. 그리고 소소한 데이트 사건도 목사님이 물으면 고해성사하듯이 그대로 전달했다. 그는 그렇게 수십 장의 편지지에 나를 작렬하게 비판해 놓고 그 뒷장에는 또다시 그리움이 절절한 슬픈 마음을 토해놓고 있었다. 고민이 되었다. 나는 운명에 맡기기로 했다.

그 전까지는 매일 집에 돌아오면 주인집 전화기에 그의 음성이 녹음되어 있었다. 그는 나의 안부를 물으며 매일같이 대답 없는 전화기에 대고 자신의 존재를 알렸다. 그런데 그날 이후 그의 메시지가 뚝 끊겼다. 그리고 매일 오던 편지도 없었다. 이틀이 지나고 사흘이 지나자 섭섭하면서도 오히려 잘됐다는 생각이 들었다. 드디어 정리됐다고 생각한 것이다.

남편은 하나님의 선물이다

그렇게 일주일이 지난 어느 날. 그에게서 모처럼 메시지가 한 통 와 있었다. 자주 만나던 모 카페에서 만나자는 약속이었다. 나는 시간을 맞춰 가벼운 마음으로 나갔다. 그가 먼저 와 있었다. 나는 교회에서 청년들에게 대하듯 가볍게 인사를 건넸다. 순간 그가 왈칵 눈물을 쏟았다. 검정 안경테 너머로 쏟아지는 눈물을 바쁘게 닦아냈다.

아버지가 오래 못 사실 것 같다고 했다. 아들이 이러고 있으니 눈도 못 감으실 거라는 사정 이야기를 했다. 그리고 함께 인사를 하러 가자고 했다. 나는 거부감 없이 그의 부탁을 받아들였다. 나는 교회의 청년 회장이자 집사였기 때문이다. 성도의 가정에 우환이 있다는데 문병을 가거나 심방을 가는 것은 당연했다. 그런데 이것이 그의 9남매 형제들과 부모님께 상견례가 될 줄은 미처 몰랐다.

영등포역에서 안산 한대병원까지 가는 버스를 탔다. 한 시간을 가는 동안 그는 나의 손을 꼭 잡고 있었다. 이후 그가 보내준 편지를 보면 그때 '세상을 다 얻은 느낌'이었다고 한다. 세상 누구도 부럽지 않았다고 했다. 이후 우리는 수많은 우여곡절을 겪었다. 몇 번의 헤어질 위기를 넘기고 결국 5년 만에 결혼식을 올렸다.

나는 지금의 남편을 선택해 결혼한 것을 엄청 다행으로 생각한다. 살아갈수록 그는 나에게 주신 하나님의 선물이며 축복이고 행운으로 생각되기 때문이다.

03 :

어떤 편견에도
나의 가치를 믿어라

할 수 있는 일을 해낸다면,
우리 자신이 가장 놀라게 될 것이다.
토머스 에디슨

인생의 새로운 전환점

그녀들이 한바탕 웃고 떠들며 나간 자리는 적막감이 감돌았다. 서울로 유학 온 지 3년 만에 네 살 터울의 여동생을 맞이했고 유년 시절을 함께 보냈던 고향친구도 함께하게 되었다. 밝고 명랑한 그녀들은 제대로 시절을 즐기는 것 같았다. 젊음의 낭만, 유쾌한 연애, 자유로운 사고방식 등. 이성들과 적당한 데이트를 즐기는 그들에게 시간을 허비한다고 나무랐지만 그날은 유난히 그녀들의 빈자리에 허전함이 느껴졌다. 창밖에 봄비가 내리고 있었는데 덩그마니 방 안에 홀로 남겨지자 외로움이 엄습했던 것이다.

"외로워요, 저도 주세요. 저에게도 좋은 사람 주세요."

중얼거리듯 허공에 독백을 하다가 힘없이 쓰러져 울고 말았다. 이것이 기도가 되어 하늘에 상달된 것일까? 주일예배를 마치고 학생들과 라면파티를 하고 있는데 느닷없이 손님이 찾아왔다는 전갈을 받았다.

이 객지에서 무슨 손님인가 의아했지만 자취집 앞에 젊은 고시생 둘이서 쑥스러운 듯 긴장된 모습으로 서 있었다. 잘생긴 한 사람은 나보다 어린 삼수생이었고, 작은 눈에 검은색 안경을 쓴 사람은 나보다는 두 살 많은 고시생이었는데 이 사람이 내게 용건을 가진 주인공이었다.

그는 꼼꼼하고 강직해 보였으며, 공무원 시험 합격 후 시청에서 봉직하던 중 계획을 바꿔 새로운 공부를 하고 있었다. 당시 땀 흘리는 일이라면 뭐든 경험하고 싶었던 나는 새벽에 배달 일을 했는데 그 모습을 멀찌감치 지켜보던 중 수소문해 찾아오게 되었다고 한다.

일단 내게 찾아온 손님은 천하보다 귀중한 한 영혼이 되어 전도의 대상자로만 생각했지 배필감이라고는 전혀 상상을 못했다. 그는 성경에 대해 많은 것을 물었고 나는 아는 선에서 최대한 친절하게 설명해 주었다. 그리고 헤어지면서 "하나님은 살아계신 분이니 꼭 가까운 교회에 나가서 신앙생활 잘할 것"을 권면했다.

이렇게 시작된 만남은 그에게 5년이라는 긴 시간 처절한 인내를 요구하는 계기가 됐으며 내게는 새로운 전환점을 맞이하게 해 주었다.

　나의 멘토인 목사님은 나를 믿음의 장녀로 생각했다. 그래서 자신의 친구가 있는 미국으로 유학을 갈 것을 권유했다. 내가 그곳에서 자리를 잡고 나면 당신의 자녀들도 인도해 줄 것을 넌지시 말씀하기도 했다. 그런데 불청객이 나타나 결혼하자고 졸라대니 목사님은 "그를 사랑하느냐?"고 물으셨고 나는 "잘 모르겠다."고 답했다. 사실 그는 호감 가는 스타일은 아니었으나 그의 애타는 마음과 지극정성을 물리치기가 쉽지가 않았을 뿐이다.

　대학부 여름방학이 시작되면서 시골집에 내려가 있는데 하루가 멀게 전화하던 그로부터 연락이 뚝 끊겼다. 3일째 되던 날, 내가 직접 전화를 하고 보니 난리가 나 있었다. 목사님은 나의 형제들을 동원해 그동안 그에게 받았던 물품들과 비용들을 돈으로 환산해 모두 돌려주었다. 그가 설치해 준 공부책상도 그 집으로 보냈다. 정말 깨끗이 정리되어 있었다.

가슴에 황량한 바람이 불었다. 그리고 지금까지 모르고 있던 사실도 발견했다. 그동안 그토록 그로부터 도망가려고 했었지만 어느 순간 그의 존재를 마음에 담고 있었던 것이다. 그를 찾아가 용서를 빌었다. 그리고 회복되기까지 가족관계, 교회관계를 딱 끊고 새로운 환경과 변화에 충실하게 되었다.

물에 젖지 않는 연잎처럼

1995년 12월 9일. 새로 정착한 방배동 남부성결교회 최한규 목사님의 주례로 우리는 결혼식을 올렸다. 이 교회는 기존의 내가 몸담았던 교회와는 전혀 상관이 없었다. 그러나 교회와 목사님은 고아처럼 이방인처럼 아무 근본도 없는 내게 큰 은혜를 베풀어 주셨다. 장학금도 마련해 주시고 성도들을 동원해 결혼식의 빈자리를 채워 주셨다. 그리고 교회 선생님들이 모여 아름다운 축가도 불러 주었다.

그런데 이러한 사실들을 오늘에서야 돌아본다. 배은망덕하게도 그 교회를 떠나온 것이다. 아무런 보답을 하지 못한 채. 이제 보니 내가 빚쟁이라는 사실을 알았다. 사랑의 빚쟁이. 내가 무엇인데 이렇게 은혜를 주셨는가. 갑자기 잊고 지내던 지난날을 돌아보며 관련

정보를 찾아보았다. 당시의 장로님들은 은퇴하셨고 목사님은 원로가 되셨다. 찾아뵈어야 하겠다. 그리고 보답하는 삶을 살아야겠다.

한때는 나 자신을 세상에 내어놓은 적이 있다. 고삐 풀린 망아지처럼. 생판 모르는 낯선 사람을 만나고 모임도 나가면서 스스로를 방임한 것이다. 그리고 더러운 것과 추한 것과 아름답지 못한 것을 마주하면서 객관적인 내 모습을 들여다본 것이다. 세상 밖에 던져진 내 모습은 진흙투성이가 되어야 함에도 불구하고 멀쩡하다는 사실이 신기하다. 마치 물에 젖지 않는 연잎처럼 어떠한 오물도 스며들지 않은 것이다. 그것은 내면에 존재하는 강한 자아가 나를 지키고 있었기 때문이다.

나의 세상 경험은 의도적이었다. 반드시 필요하거나 좋아서 그런 것이 결코 아니었다. 궁금한 세상을 색안경 끼고 보느니 차라리 내가 세상의 한가운데서 유영해 보자는 것이었다. 어릴 때부터 만들어 놓은 절대적 신념체계 안에서 미래를 향해 앞만 보고 달려왔기 때문이다. 성공을 위해 스스로를 가두고 살아야 했던 나의 청춘에게 미안했기 때문이다.

덕분에 남편 속은 좀 많이 썩였다. 오직 나 하나만을 바라보는 아내바라기 남편. 소녀시절부터 기도해서 얻은, 나만 사랑하고 아껴주는 바보 같이 착한 남편인데 말이다. 영문을 모르는 남편은 위험천만한 나의 행보에 속을 끓이고 고민하고 있었다. 때로는 화를 내다가 어르기도 했다. 그리고 위협도 가하면서 노심초사 애쓰는 모습이 역력했다. 그러는 그의 모습을 옆에서 즐기는 줄도 모르면서. 그는 나를 세상에 둘도 없이 착하고 순진한 여자로 오해하고 있었던 것이다.

나는 여왕처럼 살 것이다

초등학교를 졸업하자마자 곧장 경제활동에 뛰어든 나는 학업을 위해, 진로를 위해, 장벽처럼 둘러막힌 현실에서 벗어나고자 무진 애를 썼다. 당시 구세주처럼 만나게 나의 멘토는 비전을 심어 주고 말씀을 전하면서 적극 응원해 줬었다. 그리고 간절한 마음으로 나의 머리에 손을 얹어 기도해 주었다. 여기서 나의 멘토란 소녀시절부터 서울에 올라와 결혼할 시기가 되기까지 내가 부모님 이상으로 따랐던 교회 목사님이다.

그는 나의 진로를 위해 전적으로 애써 주셨다. 때로는 주경야독하며 애태우는 나를 위해 연세대학교 신촌 캠퍼스에 일부러 데리고 가셨었다. 그리고 구석구석 보여 주시며 "너도 이곳에서 공부할 수 있으니 포기하지 마라"고 하셨다. 그리고 "성공하기 전에는 아무도 만나지 마라. 대학에 들어가기 전에는 옆도 보지 마라. 성공하고 나면 얼마든지 넓은 세상을 경험할 수 있다"며 용기와 믿음을 주셨다. 나는 그때마다 "아멘" 하면서 그 말씀을 스펀지처럼 빨아들였다. 그리고 그 말씀을 지키려고 노력하며 살았다.

내가 떠날 것을 예견했던 걸까? 우리를 앉혀놓고 말씀하기를 좋아하셨던 나의 멘토는 어느 날부터 전달 메시지가 달라졌다. 나중에 어떠한 일로든지 멀리 떠나더라도 일주일에 한 번은, 아니, 한 달에 한 번은 통닭을 사 가지고 오라 하셨다. 그러나 우리는 그의 우려대로 작은 소망을 지켜드리지 못하고 있다. 때가 되어 영원한 제짝을 찾아 떠난 후 가뭄에 콩 나듯이 한 번 정도 찾아뵙는 정도이기 때문이다. 그것도 수년의 세월이 흐른 뒤인 최근에서야 말이다.

나의 언어행동은 가끔 사람들을 당황시켰다. 어떤 때는 고상하고 경건해 보이는 반면, 다른 어떤 때는 독선적이고 유치했다. 억눌린 자아와 본래적 자아가 뒤엉켜 울퉁불퉁 고르지 못한 모습으로 분출되었기 때문이다. 꽃다운 시절 그 흔한 미팅 한번 못 해 본 것이 대수일까? 제때에 맞는 인간 활동은 평범하고 건강한 인간으로 성장하는 데 많은 영향을 미친다고 생각한다. 왜냐면 비정상적 성장단계를 거친 사람은 나처럼 결정적인 순간에 튀는 기질이 있기 때문이다. 그러나 지나온 삶은 스스로에게도 칭찬하고 싶다. 일찌감치 현실적인 문제에 부닥쳐 고뇌하며 고군분투한 덕분에 훨씬 맛깔 나는 인생을 사는 것이라고 자부하기 때문이다.

최근 한책협의 김태광 대표 코치가 출간한 《내가 100억 부자가 된 7가지 비밀》을 구매하고 저자 사인을 받았다. "정현주 작가, 여왕처럼 살게 되어라."라는 메시지가 함께였다. 얼마나 멋지고 아름다운 축복인가. 한참 동안 흥분된 기분을 숨길 수가 없었다.

나는 여왕처럼 살 것이다. 내 속에 계신 그분으로 인해 나는 이미 고귀하기 때문이다. 그리고 어떤 편견에도 나의 가치를 믿기 때문이다.

04:

더 이상 남의 인생을
살지 마라

하루를 살더라도
내 인생을 살아라.
세프라 코브린 피첼

자기 주도적인 삶을 살아라

남의 인생을 산다는 것은 내가 아닌 다른 사람을 지나치게 신경 쓴다든지 타인에게 휘둘릴 때를 말한다. 그렇다면 내 인생을 내가 산다는 것은 어떤 것을 말할까? 그것은 자기 주도적인 삶이라고 할 수 있겠다.

초등학교 때 우리 반에 부잣집 딸이 있었다. 가난한 우리는 시커먼 보리밥에 시어 꼬부라진 열무김치로 도시락을 싸왔다면, 그 친구는 매일 하얀 쌀밥에 계란과 멸치조림을 싸왔다. 얼굴도 예뻤던 그녀는 아무 부족함이 없어 보였는데도 성적이 매우 저조할 뿐만 아니라 친구들로부터 따돌림을 당하거나 구박을 당했다.

그러던 그녀가 중학생이 되면서 스스로 목숨을 끊었다는 소식을 들었다. 큰 충격이었다. 행여 중학교에 올라가서도 친구들로부터 따돌림을 당하거나 괴롭힘을 당한 것은 아니었을까 하는 안타까움에 많은 생각이 들었다. 친구관계지만 강자를 이기는 훈련이 필요함을 느꼈다.

나를 괴롭힐 때, 두렵지만 일부러라도 눈을 똑바로 뜨는 연습, 당장 맞고 쓰러진다 해도 끝내 일어나 강렬한 비판의 시선을 보내는 훈련을 했더라면 어땠을까 하는 생각이다. 사람은 본능적으로 불의에 대한 강한 항변에는 양심이 찔리게 되어 있기 때문이다.

남의 밑에서 월급 받고 일하는 사람들이 느끼는 공통된 생각이 하나 있다. 그것은 매출은 내가 올렸는데, 수입은 사장이 많이 가져가고 열심히 돈 벌어 준 나는 정해진 월급만 받아가야 한다는 사실이다. 대부분 1인 창업으로 성공한 사람들의 이야기를 듣다 보면 "더 이상 남을 위해 일하지 않겠다"라든지 "남의 돈 벌어주기가 싫었다"라는 것이었다. 이런 사람은 두말없이 독립을 해야 한다고 생각한다. 왜냐면 그만한 능력이 충분히 될 것이기 때문이다.

그러나 독립할 능력이 안 된다면 현재 있는 그 자리에서 자기 주도적인 방식으로 일을 추진했으면 좋겠다. 하기 싫은 일 억지로 하다가는 본인은 물론 다른 사람까지 피해를 주기 때문이다.

약국 종업원으로 근무하던 시절, 하루 세 번 청소하는 것 외에 모아진 공병박스를 안집 창고까지 들고 가서 비워야 했다. 그런데 어느 순간부터 내가 일하는 시간에 비해서 받는 월급이 너무 적다는 생각에 마음이 쓸쓸했다.

하지만 월급에 관련해서는 고용주의 재량에 맡길 뿐 감히 이야기를 하기가 어려웠다. 그러다 보니 아예 월급에 대한 생각을 지워버리는 편을 택했다. 그리고 이곳에 있으면 좋은 이유를 떠올렸다. 우선 환경이 깨끗하다는 것과, 약국 종업원이라는 좋은 이미지를 얻을 수 있고, 의식주를 자연스럽게 해결할 수 있다는 점에서 긍정적인 위안을 삼았다.

그런데 그것도 잠시, 며칠 안 가서 또다시 월급에 대한 상대적 박탈감과 자괴감이 스스로를 괴롭히곤 했다. 도무지 신경 쓰이고 서운했던 것이다. 그리고 그런 마음으로 일을 하다 보니 애꿎은 공병박스를 집어던지듯 내려놓는 바람에 플라스틱 통이 몇 번이나 깨져버렸다.

하루는 큰맘 먹고 이것을 사모님께 말씀드려야겠다고 생각을 했다. 그리고 이른 아침 출근해 약국 안팎을 청소하면서 기도하기 시작했다. 그냥 주문 외우듯, 혼자서 나의 마음을 토로해 놓는 것이었다. 내가 이러이러한 말을 사모님께 할 것인데 용기를 달라고, 그분의 마음에 감동을 달라고 기도했다. 이렇게 중요한 문제를 앞둘 때마다 나는 3일씩 마음으로 준비하고 기도하는 단계를 거쳤다. 약국 문 닫기 30분 전 셔터를 반쯤 내리고 청소를 시작할 쯤 사모님은 하루의 매출을 정산했다. 이때 나는 사모님께 "드릴 말씀이 있다"며 상담을 요청했다. "무슨 일…?" 사모님은 내가 용건을 갖고 상담 요청을 할 때마다 눈을 뚱그렇게 뜨고 긴장하셨다.

나는 의자를 사모님 앞으로 가까이 당겨 앉았다. 그리고 두 손을 무릎에 가지런히 대고 최대한 자세를 바르게 했다. 그리고 표정도 단정히 했다. "실은 너무 힘이 없습니다. 하는 일에 비해서 월급이 적다고 생각합니다. 그래서 힘이 안 생깁니다."라고 공손히 말씀드렸다. 사모님은 나의 이러한 요구를 바로 들어주시고 갈등을 해소해 주셨다.

인간관계에도 가지치기가 필요하다

현재 내가 사업을 하면서 고용주의 입장이 되고 보니 직원들 월급과 관련해 매달 신경이 쓰인다. 일하는 양에 비해서 처우는 제대로 되고 있는지를 생각한다. 행여 예전의 나처럼 마음속 불만을 가지고 애꿎은 휴지통을 내리치는 것은 아닌지 상상해 본다. 그런데 사업주의 입장이 되고 보니 항상 갈등이 된다. 정답이라고 할 만큼 만족함이 없기 때문이다. 그래서 항상 직원 가운데 한 사람이 예전의 나처럼 마음속 불편사항을 전달해 주거나 중재해 주길 바란다. 그러면 귀기울이고 현장의 이야기를 들어주고 함께하고 싶은 것이다.

류시화의 에세이 《좋은지 나쁜지 누가 아는가》에 티베트의 우화가 나온다. 수달이 사는 골짜기에 호수가 있다. 수달은 달밤에 호수를 헤엄쳐 물고기를 낚는다. 하지만 이를 지켜보고 있던 올빼미가 그것을 낚아채 간다. 그런데 사실 뺏기는 것이 아니라 수달이 자신은 굶더라도 매일 올빼미에게 먹이를 바치고 있는 것이다. 그런데도 올빼미는 이를 고마워하기는커녕 당연한 것처럼 더욱 많은 것을 요구한다. 문제는 수달이 일방적인 희생을 당하면서도 오히려 올빼미가 자신을 떠나갈까 봐 걱정한다는 것이다. 수달과 올빼미의 이러한 애착관계를 티베트에서는 '렌착'이라고 하는데 '전생의 빚'을 의미한다고 한다. 죄책감과 부채감 때문에 무의식적으로 끌려다니게 된다는 것이다.

이에 대해 저자가 말하려는 의도는 다름 아니다. 수달의 일방적인 희생은 서로에게 해롭다는 것이다. 수달이 의무감에 매달리느라 제대로 된 삶을 살지도 못하면서 아무 쓸데없는 자기희생을 강행하기 때문이다. 올빼미는 수달이 아니어도 잘 살 수 있다. 스스로를 단련해 먹이사냥을 할 것이고 그러는 동안 삶의 지혜도 얻을 것이다. 오지랖 넓게 남의 인생을 살지 말라는 것이다.

여기서 인간관계의 가지치기를 권장한다. 가지치기가 안 된 과일나무는 불필요한 자양분을 소비해 상품성 있는 과실을 기대할 수 없다. 이렇듯 인간관계에서도 과감한 정리가 필요하다는 것이다. 정리되지 않은 인간관계는 인생을 고갈시키고 불만족과 고충의 원인이 되기 때문이다. 수달은 수달의 삶을 살고 올빼미는 올빼미의 삶을 살아야 한다. 건강한 인간관계를 위해서는 내가 맺고 있는 관계가 렌착인지 진정한 애정인지를 구분해야 한다. 희생을 하더라도 서로에게 긍정적인 결과와 성장을 가져다줘야 한다.

나의 곁가지들은 무엇인가를 돌아본다. 돈 리차드 리소와 러스 허드슨의 《성격을 알면 성공이 보인다》에 소개된 에니어그램을 통한 9가지의 성격유형 중 나는 2번 형에 속한다. 정이 많고 박애적인 면이 강하다. 나의 희생을 통해 누군가 도움이 된다면 그것으로 기쁨과 만족함을 누리는 것이다. 그러다 보니 여기저기 불필요해 보이는 곳조차 관심을 쏟는 경우가 많아서 어느 순간 '나를 호구로 생각하지 않을까?'라는 고민을 한다. 이제라도 배우고 있으니 온전한 내 인생을 보다 멋지게 살아낼 것이다.

05 :

꿈을 크게 꾸고
열심히 노력하라

우리가 할 수 있는 최선을 다할 때,
우리 혹은 타인의 삶에 어떤 기적이 나타나는지 아무도 모른다.
헬렌 켈러

꿈을 크게 가져라

《박경철의 자기혁명》에서 저자 박경철은 어느 지방도시에서 있었던 이야기를 다음과 같이 술회한다. 고등학생들을 대상으로 인생을 사는 자세와 노력, 태도에 대한 강연을 마쳤는데, 한 학생이 다음과 같은 질문을 했다.

"저는 나름대로 열심히 공부하고 있지만, 그렇게 해도 제가 좋은 대학을 가거나 좋은 직장을 얻을 수 없다는 것을 알고 있습니다. 그래도 선생님 말대로 살면 희망이 있을까요?"

이에 저자는 난감했던 그때의 입장을 밝히며 "나름 그들 입장에서 이해하고 있다고 생각했지만, 진심으로 이해하지 못한 채 상투적으로 대했음"을 고백하고 있다. 그리고 "학생들의 고민을 진심으로 이해하지 못했다"는 자책과 함께 시골 아이들의 가슴에 얼음 기둥이 자라고 있음을 술회하고 있다. 삼포세대, 오포세대의 유행어를 알지 못하고 그 의미를 새겨보지 않았다면 아마도 저자의 난처한 입장과 고민을 이해하지 못했을 것이다. 내가 그 입장이었다면 어떤 대답을 해 줬을까? 그 학생과 공감하고 나의 경험을 이야기해 줬을 것이다. 왜냐하면 내가 그 입장이었던 경험자니까.

나는 시골에서 태어났다. 부모님은 열심히 일하셨지만 우리 집은 항상 쪼들렸다. 당시 어린 눈으로 바라본 세상은 따분했다. 내가 서 있는 곳이 사막이라면, 어느 한쪽에서는 젖과 꿀이 흐르는 풍요로운 천국이 존재하는 걸 느꼈다. 그것은 휘황찬란한 도시의 부자들로 연상되었다. 출세하고 싶지만 머리가 좋은 것도 아니고, 성공하고 싶지만 비빌 언덕 하나 없는 이 막막한 현실에서 내가 살아나갈 탈출구는 어디일까. 우주 어딘가에 숨겨진 삶의 비밀을 찾고 싶었다.

"꿈을 크게 가져라."

초등학교 졸업 당시 선생님은 "대통령의 꿈을 꾸면 최소한 장관은 될 수 있고, 면장의 꿈을 가지면 최소한 면서기는 될 수 있다."라며 앞선 선배들의 선례와 함께 많은 이야기를 해 주셨다. 담임 선생님의 애정 어린 말씀은 한 단계 진학하는 동심들에게 상상의 나래를 펼치게 했다. 그러나 나의 머릿속은 '중학교 진학을 할 것인가, 말 것인가'를 생각하고 있었다. 왜냐하면, TV에 나오는 자수성가인들은 한결같이 독학 과정을 거쳤고, 신문 배달, 구두닦이 등의 전적을 지니고 있었기 때문이다. 나는 비록 여자이지만 구두닦이는 아니더라도 할 수 있는 일이라면 모든 것을 경험해 보고 싶었다.

포기하지 않으면 반드시 이루어진다

처음 취업한 곳은 약국이었다. 막상 시작된 사회생활은 외롭고 고달팠다. 하는 일은 주로 약국 안팎을 청소하고 잔심부름을 하는 것이었지만, 이른 새벽부터 밤 10시까지 온종일 동동거리며 활동한 탓에 집에 돌아오면 녹초가 되었다. 공부를 하겠다고 책을 펴놓은

상태에서 5분도 안 되어 잠들어 있는 나를 발견하고 좌절할 때가 많았다. 그러나 눈 뜨면 기도하고 잠들기 전에도 간절한 마음을 담아 하나님께 기도드렸다. 행여 누워서 기도하면 안 들어주실까 봐 벌떡 일어나 정자세로 무릎을 꿇고 소원을 아뢰었다.

처음에는 중학생이 된 친구들을 지켜보며 '이제는 지겨운 수학 공부를 하지 않아도 되겠구나!'라며 나름대로 학교에 가지 않아서 좋은 일을 생각했다. 그러나 시간이 지날수록 공부에 대한 열망이 타오르면서 앞으로의 5년과 10년, 20년으로 나누어 중장기 계획을 세웠다. 계획된 5년과 10년은 나름 주경야독을 통한 학문적 성과를 이루는 과정으로 생각했었고 20년은 결혼 후 안정된 가정을 이루는 시점을 염두에 둔 것이다.

열두 살 때의 상상과 고백이 현재 그대로 이루어졌음을 고백한다. 독학으로 최고학부를 마치는 것과 자수성가하는 것, 나만 사랑하고 아껴 줄 평생 반려자를 만나는 것이 그것이었는데 남편의 생김새까지 꼭 맞아떨어진 것이 신기할 뿐이다. 그러나 이러한 결과를 얻기까지는 누군가의 깊은 조언이 있었음을 부인할 수가 없다. 그리고 이를 위한 결단과 기본적인 자세와 경험 등을 절대로 빼먹어서는 안 된다고 생각한다.

앞길이 막막해 엎드려 울 때마다 위로하며 앞길을 제시해 준 분이 있다. 바로 우리 시골 교회의 목사이자 나의 멘토였다. 그는 자신의 졸업앨범 속 사각모 쓴 사람들을 하나하나 짚어가며 "어려운 가운데 어떻게 공부해 어떤 사람이 되었다"는 것을 설명했다. 그리고 "포기하지 마라. 너도 훌륭한 사람이 될 수 있다"며 힘과 용기를 주었다. 당시 중학교 졸업장조차 없던 나의 생각으로는 모든 것이 높은 장벽처럼 아득하기만 했다. 그러나 아브라함의 나이 80세에 아들이 있을 것이라는 말씀에 어이없어 웃던 사라의 일을 생각했다. 그리고 책망받던 일을 생각하고 무조건 믿는 마음으로 따랐다.

나는 스물네 살의 꽉 찬 나이로 만학도가 되어 서울로 상경했다. 낮에는 학원에서, 밤에는 미션스쿨에서 공부하면서 새벽에는 신문 배달을 했다. 전날 밤 미리 싸놓은 도시락을 들고 학원으로 향하는 길은 너무나 행복해서 껑충껑충 춤을 추며 노래하고 다녔다. 그렇게 해서 2년 만에 뒤처진 학력 수준을 평준화할 수 있었는데, 이후 1년간 대학입시공부를 할 때는 서울의 수재들과 어깨를 나란히 하고 있다는 점에서 뿌듯하고 행복했다.

당시 처해진 삶이 고단하다 보니 명언이나 희망의 메시지들은 마음에 보약처럼 새겨졌다. 사회 첫 발을 내디딤에 있어 나 나름대로의 철칙이 있었다. 아무리 잔심부름을 하는 단순 직업일지라도 근무지의 환경이 깨끗한 곳이어야 한다고 생각했다. 그리고 그곳에서 '없어서는 안 될 꼭 필요한 사람'으로 인정받아야 한다고 생각했다. 그러기 위해서는 우선 보이지 않는 곳에서의 정직함을 원칙으로 삼았다. 결과적으로 이것은 큰 효과를 발휘했다. 약국 종업원으로 7년 3개월을 근무하는 동안 든든한 신뢰를 한 몸에 받으며 모든 중요한 결정권을 위임받았던 것이다. 그 후 서울에 올라와 만학의 길을 걸을 때도 4년 동안 전액 장학금을 지급받았는데 지금까지도 그 지역에서만큼은 기억되는 존재가 되어 있다.

이미 이루어진 것처럼 상상하라

사람마다 처해진 환경과 입장은 다르지만 성공하기 위한 기본 자세와 마음가짐은 공식처럼 정해져 있다. 아마도 '꿈과 희망을 전해주는 메신저'로서의 박경철도 '인생을 사는 자세와 노력'을 주제로 학생들에게 강연했을 때, 혹시 내가 경험하고 실천했던 원칙과 맥락이 비슷하지 않았을까? 이것은 비록 상투적일지라도 실천한 결과는 엄청난 삶의 진리가 되고 있기 때문이다.

최근 성공학의 마스코트가 되고 있는 한책협의 김태광 대표 코치도 나폴레온 힐이 쓴 《성공학노트》를 읽고 운명을 바꾸게 되었다고 한다. 그 역시 지독한 가난을 극복하고 성공한 인물이었기에 "누구나 결단하면 성공할 수 있다."라는 확신과 함께 "나는 매일 모든 면에서 점점 나아지고 있다."라는 문구에 매료되었다고 한다. 그리고 이것을 고시원 책상과 벽, 천장에 붙여두었을 뿐만 아니라 지갑에도 넣고 다니며 하루에도 몇 번씩 그 문구를 되뇌었다고 한다. 그러던 그의 현재 모습은 어떠한가. 100억 원대의 자산가가 되어 많은 이들의 부러움을 사고 있다. 그리고 그를 따르고자 하는 많은 예비 작가들에게 성공의 길을 안내하며 커다란 동기부여가 되고 있는 것이다.

성공과 행복은 결코 좋은 대학이나 좋은 직장이 보장하는 것이 아니라는 것을 밝혀두고 싶다. 다만 성공을 위한 확실한 자기만의 그림을 그릴 필요가 있으며, 이것을 이루어진 것처럼 상상해야 한다.

(본 원고는 《버킷리스트20》에 실렸던 글임을 밝힙니다.)

06

삶을 이끄는 것은
나 자신이다

스스로를 존경하면
다른 사람도 당신을 존경할 것이다.
공자

나를 지키고 이기는 법

자수성가하겠다고, 독학으로 최고학부를 졸업하겠다고 장담한 소녀시절의 계획이 오늘날 그대로 이루어졌음을 누차 고백했다. 지금도 그렇지만 당시에도 머리가 좋은 것도 아니고 비빌 언덕이 있는 것도 아니었지만 어쨌든 모든 소원은 그대로 이루어졌다. 현실을 바라보면 암담하지만 삶의 목적을 정하고 그 일에 관심을 두고 살다 보면 나의 의식과 무의식은 그대로 목적을 향해 나아가는 것이다.

야학시절, 다른 동기들도 나와 똑같은 입장이었음에도 그들은 나를 부러워했다. 지금 당장 아무것도 이룬 것이 없는데 계획만으로도 부러워했던 것이다. 자기들도 계획을 세우면 되는 것을 왜 남의 계획을 부러워만 했던 것일까? 내가 볼 때는 확고한 소망의 부재로 생각한다.

그러나 여기서 말하려는 것은 외형적 성공을 말하려는 것이 아니다. 삶 속에서 나를 지키고 이기는 법을 말하고 싶다. 그리고 삶을 이끄는 존재를 말하고 싶다. 겉으로 보이는 나와 보이지 않는 내면적인 나를 말하고 싶다.

왜 그렇게 꽃 같은 웃음이 나왔는지 모르겠다. 지인을 만나러 갔다가 우연히 마주하게 된 근엄하신 목사님 앞에서 함박꽃처럼 피어나는 미소를 주체할 수가 없었다. 얼굴 근육을 애써 경직시키려 노력했음에도 도무지 사그라지지 않았다. 그날 저녁, 전화 한 통을 받았는데 낮에 뵈었던 그분으로부터 안부전화를 받았다. '내가 뭔데?'라는 황송한 마음이었으나 그 후로 하루 두세 번씩 걸려오는 전화는 불길한 느낌을 주었다. 상식적으로 이런 분이 아니었기 때문이다.

그분은 맨땅에 헤딩하듯 빈손으로 개척해 1,000여 명이 넘는 출석교인을 거느리는 당회장이었다. 그리고 교단 산하 유명대학교의 임원이자 세계 각국에 선교사를 파송해 하나님 나라를 확장시키는 주역이기도 한데 말이다. 어찌하여 처음 본 처자에게 마음을 빼앗기고 채신없는 행동을 하는지 알 수가 없었다.

결혼을 앞둔 처자 입장에서는 어이없는 이 상황에 당황했지만 냉정하게 입장을 헤아리지 않을 수 없었다. 거룩해 보이는 목회자일지라도 어쩔 수 없는 하나의 인간이라는 것을 재확인할 뿐이었다. 그에 대한 대책을 궁리했다. 어떻게 하면 이분의 체면이나 자존심을 손상시키지 않고 위기를 극복할까?

외부 커피숍에서 만나자는 그의 요청을 거절하지 못한 채 불안하고 묘한 감정에 휩싸여 가슴만 뛰고 있었다. 무릎을 꿇었다. 마음속에 존재하는 전능자께 지혜를 구하기 위해서였다. 상황을 아뢰었다. 그리고 오가는 발걸음과 언어, 행동, 모든 일에 함께해 달라고 성령께 간절히 기도했다.

전철을 갈아타고 찾아간 곳은 관광호텔 1층 커피숍. 그런데 시간이 되었음에도 그는 약속장소에 없었다. 바로 그때 카운터에서 전화를 바꿔 주었는데 위층에 연결된 객실로 안내되는 것이었다. 놀라기는 했지만 애써 마음을 진정시키고 기도하는 마음으로 따라갔다. 객실에 들어섰을 때 그는 셔츠의 넥타이를 풀고 비스듬히 침대에 앉아있었다.

나는 테이블 한쪽에 놓인 원형 의자를 끌어당겨 바른 자세로 앉아 기도를 시작했다. 어느 곳을 방문하든 그 장소에 앉아 먼저 기도하는 습관을 들였던 것이다. 상대방의 흐트러진 자세가 민망할 정도로 어느 때보다 경건한 모습을 취했다. 그분은 어색한 상황에 놀랐는지 서둘러 일어나 돌아갈 것을 제안했다. 그러나 오히려 말씀을 더 듣겠노라며 여유를 가질 수 있었던 것은 그만큼 중심을 지키는 어떤 도우심이 함께 하고 있었음이다. 5분도 안 되어 그 자리를 자연스럽

게 빠져나올 수 있었다. 자칫 좋은 관계가 상처받고 무너질 수 있는 상황이었음에도 오히려 아름다운 관계를 유지할 수 있었던 것은 모든 상황 앞에 먼저 기도로 아뢰고 의지한 결과다.

2018년은 미투운동(me too campaign)이 각계각층으로 크게 확산된 해로 기억된다. 유망한 정치 지도자로 떠올랐던 모 지사는 물론, 노벨문학상 후보로 거론되던 시문학의 거장도, 연예계의 유명 배우들도 성 추문 스캔들로 하루아침에 입지가 추락했다. 그리고 그동안 쌓아온 명예와 공로도 물거품이 되었다. 더군다나 카리스마 넘치는 연기로 강한 인상을 주었던 모 배우는 적나라한 그의 수치가 드러나면서 결국 따가운 시선을 견디지 못하고 생을 마감하고 말았다.

미투운동에 가담한 성폭력 피해자들에게 비난을 보내는 사람도 있다. 그러나 이것은 당해 보지 않아서 할 수 있는 말이다. 다른 것은 몰라도 성폭력이나 성폭행은 죽을 때까지 트라우마로 남기 때문이다.

약한 나를 강한 나로

초등학교 시절, 외삼촌이 갑자기 편찮으신 바람에 우리 어머니를 비롯해 친척 어른들 모두 병원에 가셨을 때다. 나보다 어린 사촌동생들을 데리고 외가에서 잠을 자게 되었다. 그런데 이웃집 청년 한 사람이 우리를 돌봐준답시고 가질 않고 있었다. 그는 삼촌이나 어른들도 잘 알고 있는 사람이었다.

동생들 모두 나란히 한자리에 누워 잠들 무렵, 그는 내 옆으로 자리를 옮겨왔다. 위급한 실랑이를 벌였다. 그런데 마침 병원에 가셨던 어른들이 돌아오시는 덕분에 위기를 모면할 수 있었다. 당시 어른들은 한밤중에 그의 존재를 보고 놀라 물었다. 그러나 그는 뻔뻔하게도 우리를 지키려고 안 가고 있었다고 했다. 더욱 어이가 없는 것은 어른들을 위해 물을 끓이러 주방으로 나왔을 때 그가 어른들 눈을 피해 따라 들어왔다는 것이었다. 음흉한 눈빛을 지금도 잊을 수 없다. 지금처럼 어른들께 알린다든지 소리를 지르도록 하는 대처 교육을 받았더라면 좋았을 것이다. 그러나 우리는 그러한

122

상황에 무섭고 두려울 뿐, 감히 어른들께 알릴 생각을 못했었다.

어느 해, 모교 운동장에서의 체육행사에서 그를 만났을 때 소름이 쫙 끼쳤다. 그런데 이듬해 그가 갑자기 사망했다는 소식을 들었을 때 얼마나 평안하고 안도감을 느꼈는지 모른다. 어릴 적 충격이 강한 트라우마로 남아있기 때문이다.

어쩌면 쉬쉬하던 내용들이 이렇게 수면에 드러나기 시작한 것은 2018년 서지현 검사의 고발로부터 시작되었다고 볼 수 있다. 대체로 이러한 사건들은 가해자나 피해자 모두 숨기는 쪽이었다. 이후 각계각층으로 확산된 미투운동은 가해자들에게는 마음 졸이는 역전의 사건이 되었다. 피해자들도 더 이상 숨어서 괴로워하는 것이 아니라 당당하게 목소리를 내고 있다는 차원에서 시대적 변화의 바람을 실감하고 있는 것이다.

삶을 이끄는 것은 나 자신이다. 강한 나를 위한 훈련이 필요하다. 약한 나를 강한 나로 변화시키는 방법에 대해 알고 싶다면 010.4933.3548로 연락해도 좋다. 당신이 얼마나 소중한 존재인지 깨닫게 해 줌과 동시에 내면의 강한 믿음을 키워 높아진 가치로 밝은 미래를 설계할 수 있도록 도움을 줄 수 있다. 두려움을 이겨 내고 행동하는 사람만이 인생을 스스로 이끌어나가며 행복을 누릴 수 있다는 것을 명심하자.

07

상처받는 것을
두려워하지 마라

소인들은 사소한 것 때문에 수많은 상처를 입는다. 그러나 위대한 사람들은
사소한 것을 다 이해하기 때문에 절대로 그런 것 때문에 상처를 입지 않는다.
프란코이스 로체포우콜드

긴 병에 효자 없다지만

고향에 계신 어머니가 암 선고를 받은 것은 내가 서울로 유학
을 온 지 1년만이었다. 처음 발견 당시만 해도 전이된 것은 아니었
다. 병원을 잘 만났거나 의사를 잘 만났더라도 수술로 고칠 수 있
는 병이 아니었을까 하는 아쉬움이 크다.

당시 어머니는 호소력 깊던 서울의 권사님의 기도소리에 감명
을 받고 다시금 모셔 주길 희망했었다. 위안이 될 만한 간절한 긍
정의 메시지가 필요했던 것이다. 그러나 직계손인 내가 소극적이었
듯 나의 부탁을 들으신 목사님도 크게 반응을 않으셨다. 결국 방치
되어 더 이상 손을 쓸 수 없게 되고서야 나는 최후의 수단으로 그

녀를 하늘나라로 모셔드리고 말았다.

말기 암으로 죽음을 맞이한 그녀는 삶에 대한 애착이 많았다. 정말 살고 싶어 했고, 날고 싶어 했으며, 뛰고 싶어 했다. 그리고 커가는 자식들을 지켜보며 오래토록 행복하길 원했다. 그러나 전이된 암세포들은 골수까지 깊은 뿌리를 내리고 있었는데 마약성 강한 진통제도 효력이 없을 정도로 고통이 심했다.

그녀는 딸의 신심(信心)에 의지해 살려 달라고 애원했으나 요란해 보이는 나의 신앙심도 어머니의 죽음 앞에서는 어쩌지를 못했다. 마음 간절하게 물이 변해 포도주가 되고, 죽은 나사로를 살리셨던 성경역사의 기적과 이적이 지금 우리에게도 나타나 주길 바랄 뿐이었다. 어머니의 몸은 움직이지 못한 채 너무 오래 누워 지낸 탓에 등과 허벅지에 욕창이 생겼다. 그리고 고열과 함께 육신의 고통이 휘몰아칠 때마다 한바탕 몸살을 앓고는 수면제에 취해 잠이 들었다.

환자의 고통은 움직일 수 없는 괴로움과 뼈를 깎는 아픔보다는 소외된 외로움이 더 크지 않았을까 하는 게 오늘날의 생각이다. 발병 초기만 해도 가족들이 놀라서 이리저리 분주하게 찾아다니며 살릴 방법을 강구했었다. 그러나 긴 병에 효자 없다고, 병세가 길어지면서 가족들도 차츰 등한시되고 서로 힘들어했다. 어머니는 그것이 더욱 안타깝고 외롭고 힘들었을지 모른다. 마음을 좋게 먹어야 낫는다는 소리에 울다가 웃다가 소리를 지르기도 했었다. 그리고 허공을 치며 넋두리를 했었다. 심각한 우울증을 호소하기도 했지만 허사였다.

　어머니가 누워 계신 매트리스는 안방의 2/3를 차지했다. 5남매가 모이게 되면 잠잘 곳이 부족했지만 욕창이 생긴 어머니 옆에서 자려는 자식은 없었다. 나 역시도 겉으로 표현하지는 않았지만 어머니와 한 이불을 덮기가 꺼려졌다. 어른 주먹만 한 크기의 욕창으로 하얀 뼈를 드러낸 채 살이 떨어져나가고 있었기 때문이다

　그런데 하루는 늦게까지 한집에 모인 우리 형제들이 각자 자기 자리를 찾아 잠들었는데 내가 누울 자리가 없었다. 어머니는 심한 고통으로 마약 성분이 강한 약을 두 봉지 드시고 깊이 잠든 상태였

다. 하는 수 없이 나는 어머니가 누워 계신 매트리스의 한쪽 가장 자리에 몸을 눕히고 어머니의 이불 한쪽을 끌어당겨 덮었다.

어느새 깼는지 어머니는 감동을 하고 있었다. "세상에 우리 딸이 내 옆에서 자는 줄도 몰랐다"면서 당신 이불을 더욱 바짝 당겨 덮어 주고 있는 것이었다. 당시 느낀 어머니의 표정과 감정은 일반적인 어머니의 모습 이상으로 크게 와 닿았다. 당신이 약에 취해서 깊이 잠들지만 않았더라도 분신 같은 딸자식의 체취를 맡으며 안정감을 느꼈을 것이다. 그러나 나는 야속하게도 잠에서 깨자 바로 침대에서 내려왔다. 어머니가 불편해하실 거라는 것을 핑계 삼았던 것이다.

어머니의 임종

"한번 죽는 것은 사람에게 정하신 것이요 그 후에는 심판이 있으리니." (히 9:27~28)

어머니의 빠른 임종은 나의 결정적인 한마디가 작용했다고 생각한다. 당시 어머니는 지금의 내 나이와 같지만 내가 볼 때는 이미 회생 가능성은 없어 보였다. 그래서 더욱 현실을 직시한 바른 태도가 필요하다고 생각했다.

누워 계신 어머니의 눈을 안타까운 마음으로 바라보았다. 그리고 엎드려 손을 잡았다. 그의 가슴에 얼굴을 대고 그리스도를 영접하시라 했다. 안 그러면 죽는다고 했다. 영원한 죽음과 영원한 생명을 설명하기 위한 것이다. 그리고 나 역시 무덤 앞에 줄 서 있는 시한부 존재임을 강조했다. 이것은 당신만이 억울하게 죽는 것이 아니라 우리 모두 어차피 죽음을 경험해야 하는 현실을 직시하기 위한 것이다.

어머니는 몹시 충격을 받은 것 같았다. 죽음이라는 단어가 나오자 어머니의 눈은 커다랗게 되었다. 그리고 숨죽인 듯 조용히 나의 눈과 입술을 응시하고 있었다. 살기 위해 처절한 몸부림을 하던 열망의 눈빛이 갑자기 경직된 채로 멈췄다. 그리고 호흡을 멈춘 채 허공을 바라보고 있었다.

지금까지 죽음에 대해 전혀 생각을 못하고 있었던 것이다. 설사 생각을 했더라도 딸의 입에서 이런 말이 나올 줄은 생각을 못했을 것이다. 믿었던 당신의 딸이 당신의 목숨을 포기했다는 사실에 충격을 받았을 것이다. 막연했던 죽음의 현실. 당신이 경험했던 그 옛날 친정어머니의 입장과 그 딸인 본인의 입장을 겹쳐서 생각했을 것이다(외할머니도 같은 암으로 돌아가셨다). 그리고 마음의 준비를 해야 한다는 사실을 스스로 알게 되었을 것이다.

그 후 며칠을 지나는 동안 어머니는 천정만을 응시하며 깊은 생각에 잠겼다. 그리고 현실을 받아들이는 것 같았다. 나의 주선으로 목사님을 모셔다 임종예배를 드렸다. 그리고 문답을 거친 후 세례 예식을 가졌다. 봉독한 성경말씀과 기도에 감동을 받는 것 같았다. 목사님이 가시고 난 후 그녀는 내게 고백했다. "고맙다"고, 그리고

"마음의 준비를 마쳤다"고 했다. 그렇게 해서 어머니는 얼마 지나지 않아 길고 외로운 투병생활을 마치고 영원히 잠들 수 있었다.

오늘을 잘 살아야 내일에 후회가 없다

어머니에 대한 아쉬움과 안타까움은 한동안 깊은 상처가 되었다. 암에 걸린 사람이 사망에 이르는 주된 원인은 암세포가 아니라 극도의 공포감과 스트레스라고 한다. 힘과 용기를 주는 한마디보다 절망에 가까운 포기 선언을 먼저 하지 않았나 하는 자책감이 밀려온다. 가족의 입장에서 좀 더 긍정의 에너지를 부여했더라면 완화의 효과를 보게 했을지 모른다. 그러나 안타깝게도 모든 상황은 에너지의 고갈에서 오는 피로감이 더 우세했다. 동생이 어머니 옆을 지키는 동안 나는 공부한답시고 건성건성 손님처럼 다녀가는 일이 많았다. 살아생전 죽음을 준비할 수 있도록 바른말을 전해 드린 것은 지금도 다행으로 생각한다.

《신-인간, 혹은 삶의 의미》의 저자 뤽 페리는 기독교에나 불교에나 삶의 의미 문제가 중요시되는 것은 생명의 유한성 때문이라고 주장한다. 신앙인들의 눈으로 보기에는 고통스럽지 않은 임종을 급작스럽게 맞이하는 것보다는 아무리 고통스럽더라도 느린 단말마의 고통을 겪는 편이 훨씬 더 바람직하다는 것이다. "적어도 느린 단말마는 자기 자신과 화해하고 자신의 영혼을 신에게 의탁하며 신의 가호를 빌 수 있는 시간을 남겨 주기 때문"이라고 말이다.

　본능적으로 욕망에 사로잡혀 아옹다옹 살다가도 문득 먼저 가신 분들의 흔적을 살펴본다. 그리고는 앞으로 살아갈 나이를 거꾸로 세어본다. 그러면서 삶의 의미를 돌아보고 인생의 덧없음을 스스로 의식한다. 그리고 마음자세를 바로 세운다.

　상처받는 것을 두려워하지 말자. 어차피 인생은 나그네 아니던가. 삶의 여정인 오늘을 잘 살아야 후회 없는 내일이 된다. 우리가 가야 할 곳은 이곳이 아니라 영원한 본향이라는 것을 잊지 말아야겠다.

3장

준비된 사람에게는 모든 것이 기회다

01 :
스스로에게
희망과 기쁨이 되라

목이 부러질 각오를 하고
감행하라.
파블로 피카소

책쓰기를 시작하다

2019년 들어서 시작한 두 가지가 있다. 하나는 책을 쓰는 일이고, 다른 하나는 운동이다.

책을 쓰는 일은 정말 우연이었다. 물론 나이 먹기 전에 자서전 한 권쯤은 남겨두고 싶었지만 이렇게 빨리 좋은 환경을 만날 줄은 몰랐다. 그동안 살아온 과정이 스스로에게 감동이고 기적이기에 그것을 기록으로 남겨두고 싶었다. 일반적이지 않은 성장과정과 남들보다 일찍 뛰어든 경제활동, 고단함 속에서 얻어진 만족감과 풍요로움, 가슴깊이 느껴지는 충만한 행복감 등 이것을 동시대를 살아가는 시름 찬 영혼들과 함께 나누고 싶었던 것이다.

그러나 책을 쓰는 시기에 대해서는 항상 막연했고 분주함 가운데서 시도조차 할 수 없었다. 왜냐하면 생각은 있지만 두루뭉술한 내면의 이야기를 어떤 식으로 이끌어갈 것이냐가 무척 어려운 문제였기 때문이다.

우연히 메일함을 정리하다가 한책협의 홍보 글을 발견했다. 무작정 지우기보다는 '어쩌면 영양가 있는 정보가 있을 수도 있지 않을까' 싶어서 살짝 열어보았다. 그렇게 한책협 카페에 들어가게 되었다. 열렬한 환영을 받고 다음날 분당 한책협 센터에서 개최된 1일 특강까지 듣게 되었다.

"성공해서 책을 쓰는 것이 아니라 책을 써야 성공한다."라는 말에 엄청 공감되었다. 그러나 고액의 수업료에 망설이지 않을 수 없었다. 값싼 교육시장만을 경험하다 보니 이러한 고차원 교육시스템에 얼른 적응이 어려웠던 것이다. 그러나 냉정하게 논리적으로 분석하고 보니 오히려 실리적이란 생각이 들었다. 엄청나게 축소 절감된 시간으로 핵심가치를 얻을 수 있기 때문이다. 한책협에서는 작가를 양성할 뿐만 아니라 그 사람의 평생 직업이나 먹고살 길을 이끌어 준다. 물론 나는 여러 개의 사업장을 갖고 있다. 그러나 다른 성공자의 살아가는 방법과 수준을 보니 커다란 동기부여가 되었다. 더욱 발전할 필요를 느낀 것이다.

일단 시작하기로 했다. 핵심 가치에 비하면 비용은 아무것도 아니기 때문이다. 입학양식에 맞춰 자기소개서를 쓰고 과정 등록을 했다. 자기소개서는 수강기간 중 책 쓰기 주제를 코칭받는 데 많은 도움이 되었다.

감동과 희망이 있는 책쓰기 수업

과정 첫날, 10명의 동기들과 함께 흰색 단체복으로 갈아입고 각자 비전과 목표를 발표했다. 의상디자이너, 사진작가, 자격증 전문가, 영어교사 등 다양한 분야의 전문가들이었다. 오리엔테이션과 함께 이론수업을 하고 주제 선정 기술을 배웠다. 그리고 2~3주 차부터 각자가 뽑아온 가제목을 놓고 그것을 자료 삼아 촌철살인의 섹시한 주제를 만들었다. 황홀했다. 이 원고의 제목도 이러한 과정에서 탄생되었다. 전문성이 확 드러나는 주제와 목차가 내가 보기에도 좋았다.

성공한 사람들이 가장 중요하게 여기는 것은 시간이다. 그런데 길지 않은 수업기간을 통해 주제와 목차가 뽑아져 나오는 것은 정말 환상적인 일이다. 주제와 목차만 제대로 나와도 책의 절반은 나왔다고 해도 과언이 아니다. 목차에 맞춰 내용물을 쓰는 것은 어렵지 않기 때문이다.

가장 보람 있었던 것은 의식수업이었다. 믿음의 원리, 성공의 법칙, 상상의 법칙, 우주의 법칙 등 개인의 잠자는 의식을 흔들어 깨워 성공의 길로 인도한다는 점에서다. 어찌 보면 무슨 외계모임 같지만 정말 필요한 수업이었다.

　돈을 가장 현명하게 잘 쓰는 방법이 바로 자기계발이라고 한다. 나는 책을 쓰기 시작하고 2~3개월 동안 60여 권의 책을 구매해 읽었다. 전체적으로 완독하지는 못했지만 내용들이 재미있고 힘이 있어서 시간 가는 줄 모르고 있다. 덕분에 잠자던 영혼이 깨어나는 느낌이다.

　특히 김태광 대표 코치의 저서들은 눈물과 웃음의 감동이 있었다. 그가 20대의 청년시절부터 수많은 고난과 좌절을 맛보았던 것은 오늘날 한책협이 만들어지기 위한 소쩍새의 울음이었나 보다.

　그에 의해 추진된 문화 활동 중 하나로, 소속 작가들이 모여 매달 희망콘서트를 열고 있다. 그것도 감동이다. 선진문화일수록 감성을 깨우는 강연대회가 대세라고 한다. 너의 아픔, 나의 아픔, 우리 서로 살아오면서 겪어온 경험들이 한 권의 책으로 만들어져 서로에게 울고 웃는 감동과 희망을 선사하고 있는 것이다.

드림킬러를 끊어내라

그런데 이러한 감동의 역사를 방해하고 시기하는 드림킬러가 존재한다는 사실에 깜짝 놀랐다. 창조적인 저술활동에 은근한 시비로 명예와 이미지를 훼손하고 있는 것이다. 물론 이를 확인한 포털관리자에 의해 차단되고 있었다. 그러나 확인되지 못한 일부 사이트에서 하얀 벽지에 파리가 똥 싸놓은 듯 더럽혀진 흔적이 발견된 것이다.

가장 무서운 것이 상식의 불통이다. 그는 내가 아는 그분에 대해 표절 시비를 걸고 있었다. 자세히 관찰해 보니 표절이 무엇인지 모르거나 의도적으로 흠집 내기를 하는 것일 수도 있다. 그러나 표절과 편집에 관한 이해는 해 둬야 할 것 같다. 중요하기 때문이다.

에디톨로지(editology). 문화심리학자인 김정운 교수가 개발한 신종어다. 우리말로 '편집학'이라는 이 단어는 '창조는 편집'이라는 뜻을 담고 있다. 작가 세계에서는 당연히 알아야 할 집필법이다. 수백여 명의 작가를 배출하고 있는 한책협의 작가수업에는 창조적인 편집법이 포함되어 있다. 물론 100% 본인 이야기면 좋겠지만 인용하거나 따오기가 필요한 경우가 있는 것이다. 또한 남의 글이라 할지라도 이를 나만의 관점에서 완벽하게 재해석할 때, 이것이 바로 창조가 되는 것이다.

드림킬러가 주장하는 표절 대상은 철저히 본인 글과 구분되는 인용문을 사용하고 있었다. 그럼에도 불구하고 의혹을 제기해 이미지를 깎아내리는 것은 분명 다른 이유가 있어 보인다. 남 잘되는 것이 배가 아픈 것이다. 비판적 사고는 필요한 것이지만 따스한 마음으로 분석하는 시각이 우선시되어야겠다. 자칫 타인은 물론 본인에게도 득보다는 해를 가져다주기 때문이다.

요즘은 스스로에게 희망과 기쁨이 되고 있다. 책 쓰는 일도 삶의 원동력이 되지만 지난 연말부터 시작한 퍼스널트레이닝이 지금까지 이어지고 있다. 그것이 뭐 대단하냐고 하겠지만 지독히도 운동을 싫어하는 내 입장에서는 대단한 일이다. 병원에서 권장하는 표준 체중을 유지하며 작가 사인회를 개최할 것이다. 지금까지 포기하지 않고 이어져 오고 있다는 것은 스스로의 계획이 무너지지 않고 잘 이행되고 있다는 증거다.

02 :
잘나가던 시절의
나를 내려놓아라

과거에 살지 마라.
바로 지금 이 순간에 모든 정신을 집중하라.
부처

밑바닥부터 시작하라

잘나가던 시절의 나를 내려놓으라는 말은 겸손을 요구하며, 자존심을 버리라는 말로도 쓰인다. 스스로를 돌아보는 성찰의 의미도 함께 떠오른다. 그러면 나를 내려놓아야 할 때는 언제일까? 그것은 밑바닥부터 새롭게 시작해야 할 때가 아닌가 싶다.

내가 몸담고 있는 한국공동주택관리실무교육원은 매년 신규 배출된 주택관리사(보) 예비소장들로 강의실을 메운다. 취업의 1차적 관문이 되기 때문이다. 이곳은 수료생들에게 직간접 취업까지 연결하고 있다. 그러다 보니 교육원 측에서는 훈련생을 맞이할 때도 그 사람의 연령이나 성품, 이미지 등을 고려할 때가 있다. 이들의 훈련 성과는 곧 취업성과로 이어지기 때문이다.

대부분 아파트관리소장의 신규취업연령은 55세로 제한되고 있다. 이들의 사용자격인 입주자대표들의 연령이 낮아지고 있기 때문이다. 그러나 의외의 고령에도 취업 1순위가 되는 경우를 종종 목격한다. 그분의 활동성이나 인간관계, 성품이 한몫하는 것이다.

30년 동안 모 건설회사에서 근무하다 은퇴한 A 씨는 인생 이모작을 성공시킨 장본인이다. 그가 우리 교육원을 찾았을 당시의 나이는 예순이었다. 키가 작고 왜소한 그는 누구보다 성실하고 인간성이 좋았다. 그러나 젊은 사람들도 취업하기가 어려웠던 터라 그에게 마땅한 취업 자리가 나올지는 의문이었다.

우리는 그의 존재를 마음에 담아두고 있었다. 좋은 취업처가 나오면 연결해 주고 싶었다. 그런데 마침 인천의 소규모단지에서 사람을 추천해 달라는 연락을 받았다. 기존의 관리소장이 그곳에서 20년째 근무를 해오고 있는데, 현재 80세가 되면서 스스로 물러난다는 것이었다. 이런 곳은 정말 흔치 않은 좋은 자리다. 대부분 아파트관리단지마다 연령제한이 있는데다가 입주민의 성향이 까다로워서 초보소장은 취업이 어렵기 때문이다. 그러니 60대의 소장을 추천하기에 더욱 제격이었다.

당연히 A 소장을 추천했다. 우리가 예상했던 바와 같이 입주민들은 엄청 좋아했다. 60세가 넘은 신임소장을 향해 "젊은 소장 왔다"

고 엄청 기뻐하더라는 소리에 우리는 한바탕 웃었다. 기존의 80대 소장에 비하면 엄청 젊은 청년이 들어온 것이니 말이다. 그는 이렇게 늦은 나이에 아파트관리소장으로 성실한 내공을 쌓아나갔다. 그리고 선후배관계를 원만하게 유지하는가 싶더니 어느 날 강남의 수준 높은 단지로 자리를 옮기게 되었다. 그는 현재 70을 바라보는 나이지만 어느 누구보다도 당당하고 멋진 활동을 하고 계신다.

기본자세와 마인드가 가장 중요하다

나는 국내 최초 한국아파트경리학원을 설립하고 교육 대상을 만 38세 이하의 여성들로 제한했었다. 취업을 목적으로 오는 사람들이다 보니 나름 연령 기준을 세웠던 것이다. 그러나 이것은 오래 가지 못했다. 경험하고 보니 취업은 나이가 아니라 사람이 문제였던 것이다.

지금은 각 교육장마다 담당 실장들이 따로 있다. 하지만 내가 상담하고 취업시킬 당시만 해도 나는 내담자들을 본능적으로 관찰하는 습성이 있었다. 외모와 인상, 성품과 말씨, 그리고 전체적인 이미지 등을 평가하는 것이다. 아파트경리실무 교육기간은 두 달 과정이지만 수료 후의 취업활동까지 생각했기 때문이다. 그리고 일방적인 잣대에서 벗어나는 사람들을 어떠한 형태로든 거절하기도 했다. 그만큼 이들의 진로에 대한 부담이 컸던 것이다.

그런데 하루는 아담한 키에 적당한 체구를 지닌 한 여성이 상담을 하러 왔다. 물론 연령제한을 두고 있던 터였지만, 나이를 의식할 정도로 부담스러운 이미지는 아니었다. 짧은 커트머리에 무스를 발라 단정하게 빗어 넘긴 이 여성은 흰색 블라우스에 검정색 정장을 받쳐 입고 있었다. 나는 그녀에게 자리를 안내해 주고 차 한 잔을 대접했다. 그리고 보통 내담자들이 궁금해하는 아파트경리직의 장점과 단점, 교육과정과 취업전망, 그리고 급여수준과 근무환경, 직장인으로서의 기본자세와 마인드 등을 일장 설명했다.

그녀는 고맙다고 했다. 자기가 미처 물어보지 못한 것까지 세세하게 설명해 주니 감사하다고 했다. 그리고 본인의 현재 나이가 53세라는 것을 밝혔다. 그러면서 하는 말이 "학원에 크게 의존하지 않을 것이지만 대신 열심히 할 터이니 가능한 한 도와 달라"는 것이었다.

깜짝 놀랐다. 나이에 비해 젊어 보인다는 것과 그의 당당한 이미지가 신선했던 것이다. 그리고 내가 사용자라면 그녀를 채용할 것이라는 생각이 들었다. 왠지 지혜롭고 현명해 보였다. 입주민과 관리소장 사이의 중간역할도 잘할 것 같았으며, 상황에 따라 현명한 처세도 기대되었기 때문이다.

아파트관리소는 회계처리업무 외에 대민업무가 50% 이상 중요한 비중을 차지한다. 말도 안 되는 민원으로 사람을 피곤하게 하고 진을 빼놓는 경우가 있다. 그렇기 때문에 아파트회계 담당자는 회계업무를 잘해서 실력을 인정받는 것이 아니다. 골치 아픈 민원인을 얼마나 잘 설득해서 돌려보내는가에 달려있는 것이다.

일단 그녀에게는 아파트경리실무교육은 가능하지만 취업이 될 지는 장담을 못하겠다고 했다. 그리고 서로 열심히 해 보자고 했다. 이렇게 해서 시작된 그녀와의 만남은 나의 편협한 안목을 깨부수 는 계기가 되었다.

그녀는 그 반에서 1순위로 취업을 나갔다. 내가 해 준 것이 아 니다. 스스로 길을 개척해 나간 것이다. 그리고 함께한 동기들에게 홈페이지를 통해 위로와 격려의 말을 남겨놓기도 했다. 아파트관리 소 취업은 나이가 아니라 준비된 자세와 매너라는 것을 몸소 보여 준 것이다. 그리고 취업희망자들에게 힘과 용기를 북돋아 주었다.

긍정적 사고로 스스로를 성찰하라

반대로 젊은 나이에도 취업이 안 되는 경우가 있었다. 그것은 일 반적인 견해와 안목에 있었다. 겉으로 보이는 이미지가 원만하지 못한 경우에 그랬다. 그러므로 취업은 나이가 아니라 사람 자체인 것이다.

가끔은 취업희망자들에게 선배들이나 윗사람에게 선물하는 방 법을 가르치기도 한다. 취업 전과 후의 행동을 가르치는 것이다. 자 칫 비리를 연상케 하는 김영란법을 들먹일 수 있겠지만 선배들과의 유대관계는 매우 중요하다. 그리고 각종 모임에 참석해 나를 알리 는 방법을 소개하기도 한다. 짧은 1분 스피치를 통해 자기를 멋지 게 소개하는 연습을 시키는 것이다. 아울러 직장에서 오래 살아남는 방법, 현재 월급보다 더 많은 수입을 벌어들이는 방법도 훈련한다. 이것은 돈 주고 배워야 할 인생의 지혜이며 가치이기도 하다.

우리나라는 참 좋은 나라다. 국민들이 잘 배워서 잘 살라고 여러모로 신경 써서 지원해 주고 있기 때문이다. 그러나 국민으로서 한 차원 더 높은 의식훈련과 소양교육이 필요하다는 생각이다. 가끔 건강하지 못한 사고방식으로 본인은 물론 주변 사람에게까지 민폐를 끼치는 사람이 있기 때문이다.

요즘은 대부분 교육이 국비지원으로 이루어지고 있다. 그러나 그것을 악용하고 당연한 것처럼 행동하는 사람 때문에 씁쓸한 느낌을 받을 때가 있다. 감사한 일에는 더욱 감사한 마음을 가졌으면 좋겠다. 부정적인 마음보다는 긍정적인 사고로 스스로를 성찰해 밝은 앞날을 개척해 나갔으면 하는 바람이다.

익숙함에서 벗어날 때
기적이 찾아온다

흔들고
또 흔들어 부수어 버려라!
잭 웰치

나의 행복을 지켜라

지금 함께 살고 있는 사람이 나의 배우자가 아니라 손님이라면 어땠을까? 서로를 존중하며 예의를 지켜야 하는 사람 말이다. 그렇다면 무례하게 대하지 않을 것이다. 옆에 있어서 당연하고, 항상 그 자리에 있기에 어쩌면 고마움보다는 익숙한 존재로 등한시하고 있는 것은 아닐까?

얼마 전 인터넷을 뜨겁게 달군 글을 보았다. 우연히 주운 지갑이 하필 3년 전 이혼한 아내의 지갑이라는 내용이었다. 그는 주운 지갑 속의 정보와 가족사진을 보고 회한을 느끼고 있었다. 그리고 아내와의 좋았던 시절을 떠올리며 다시금 이혼 전으로 돌아가기를 바라고 있었다. 매일 밤 돌아누워 울던 아내를 기억하며 그것을 달래 주지 못한 자신의 자존심을 질책하고 있었다. 그리고 헤어진 아내에게 문자를 보내 용서를 구하고 있었다. 그러나 이미 때는 늦었다. 안타깝게도 되돌릴 수 없는 상황이었던 것이다. 이 사연은 나의 주변 상황과 너무도 닮아 있어 더욱 안타까웠다.

가정이 깨지고 난 사람들의 공통적인 특징이 있다. 옆 사람의 존재가치를 무시하고 외면하다가 결국 심각한 위기를 만나고서야 땅을 친다는 것이다. 마음을 내려놓을 수 없도록 뒤흔들어놓고는 아무 일 아니란 듯 웃어줄 거라 생각했다는 것이다. 시간이 지나면 자연히 알아서 해결될 줄 알았다는 것이다.

익숙함이 주는 폐단이 아닐까? 매일 숨 쉬는 공기의 소중함을 모르듯, 흐르는 전기의 편리함을 모르듯, 가까이 있는 사람이 나에게 얼마나 소중한지를 잊어버린 것이다. 윤리와 도덕과 질서를 배우는 이유는 무엇이겠는가. 너와 내가 함께 행복하기 위한 하나의 규칙. 타인의 행복도 중요하지만 우선 나의 행복을 지켜 주는 것이 중요한 일일 것이다. 내가 행복하기 위해서는 나와 함께한 사람들을 더욱 사랑하고 보호해야 한다고 생각한다.

나의 마음이 가장 외롭고 슬플 때는 남편과 다투었을 때다. 모진 말로 상처를 준 그가 괘씸하고 미워야 하는데 그냥 우울하기만 하다. 대단한 논쟁을 벌이다가 억울해서 눈물이 나오다가도 곰곰이

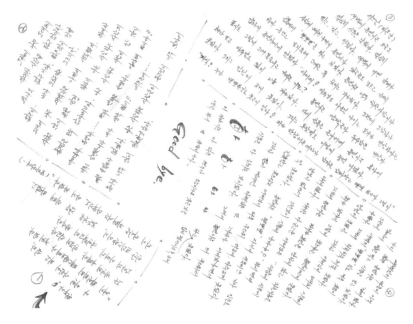

남편이 쓴 웃기는 토막 글

생각하면 그가 느낄 외로움이 더욱 앞서는 것은 뭔 조화인지 모르겠다. 아무리 가까운 친구가 나를 위로해 준다 할지라도 정작 위로가 되는 것은 나의 남편이다. 울퉁불퉁 못생긴 그의 얼굴을 바라보며 피식 웃게 만드는 한마디 조크가 내게는 위로가 되고 있다.

익숙함에서 벗어나라

얼마 전 나는 중요한 계약을 성사시켰다. 그리고 그것을 통한 새로운 꿈과 희망을 키우고 있다. 그러나 내가 생각하는 믿음과 가치가 반드시 상대방에게도 느껴지는 것은 아닌 것 같다. 오히려 부정한 눈으로 바라보며 비웃고 고춧가루를 뿌려댈 수도 있다는 것이다.

믿음은 바라는 것들의 실상이며 보이지 않는 것들의 증거다. 당장 눈에 보이지 않지만 너무도 선명하게 보이는 미래의 그림들은 기다림을 통해 완성될 것이다.

지금까지의 경험에 의하면 큰일을 시작함에 있어 방해를 받지 않은 적이 없다. 그것은 나를 지지해 줄 가장 가까운 사람이 되기도 했으며 환경에 휩쓸리려는 내 자신이 되기도 했다. 그러나 결과적으로 그 일에 대한 실행과 실천의 대가는 인생의 한 단계를 성큼 올라가는 계기가 되었고 기쁨과 보람을 안겨다 주었다.

사람은 끊임없는 자기성찰과 발전을 위한 도전을 멈추지 말아야 한다. 평범한 일상의 나태함은 무력함을 가져다주기 때문이다. 익숙함에서 벗어나라는 소리다.

만학의 꿈을 이루기 위해 서울에 올라올 당시 나는 스물네 살이었다. 나는 이제야 중·고등학교과정을 준비하고 있는데 친구는 이미 대학교 졸업을 준비하고 있었다. 친구 입장에서는 중학교 졸업장도 없는 내가 서울로 공부하러 간다니까 암담해 보였나 보다. 그리고 그 용기가 가상하고 우려스러웠을지도 모른다. 나의 결심을 말할 당시 그의 얼굴에 묘한 웃음이 살짝 스치는 것을 보았다. 잘해 보라는 격려일 수 있지만 비웃음일 수도 있겠다.

그러나 지금 어떠한가. 시간적 차이는 있지만 나는 독학으로 서울의 명문대 석사까지 마쳤다. 그리고 경제적 자유인이 되었으며, 부러워할 것 없는 사회적 위치를 차지하고 있다. 학벌이 중요한 것이 아니라 진로를 가로막는 제도권의 차단막을 헤쳐 나갔다는 점에서 자부심을 갖고 있다. 이는 평범하지 않은 용기와 익숙함에서 벗어난 실천의 결과다. 어떠한 일이든 그것이 실패로 이어질까 봐 실행하지 않았다면 아무것도 이뤄 내지 못했을 것이다. 그저 남들이 이뤄 놓은 기적을 바라보며 부러워만 하고 있었을 것이다.

투자는 미래를 대비한 씨앗이다

"갈까 말까 할 때는 가라. 살까 말까 할 때는 사지 마라. 말할까 말까 할 때는 말하지 마라. 줄까 말까 할 때는 줘라. 먹을까 말까 할 때는 먹지 마라."

서울대학교 행정대학원장 최종훈 교수의 인생교훈이다. 수많은 선택의 기로에서 고민을 하다 보니 이러한 말씀이 번쩍 눈에 띄었다. 그리고 감탄했다. 소소한 일상에서 경험하게 되는 선택에 대한 고민을 명쾌하게 답해 주고 있기 때문이다.

그중 "줄까 말까 할 때는 주라"는 메시지에 공감과 신뢰를 보낸다. 살면서 가장 많이 하는 고민이기 때문이다. 이것은 내 것을 남에게 준다는 의미이기도 하다. 어찌 보면 조건 없는 내어 줌을 말하고 있는 것이다.

　형제와 이웃과 공동체를 향한 관심과 사랑. 물질로 표현된 이것은 어릴 때부터 학습된 그리스도의 희생정신이다. 그러나 이를 실천하고자 할 때는 얼마나 많은 고민과 갈등을 하는지 모른다. 그리고 실천할 단계에서는 그때마다 이유를 달리한다.

　간절한 소망을 두고 기도할 때는 제물의 의미로 드리지만, 이웃과 공동체를 향한 마음은 보이지 않는 투자로 생각한다. 그리고 이것을 받는 사람의 입장과 상황을 고려한다. 당연한 것처럼 값없이 받아들여질 것인가, 아니면 감사한 마음으로 유용하게 사용하되 또 다른 저변 확대로 이어질 것인가를 생각해 보는 것이다.

앞으로의 5년과 10년, 20년 단위의 중장기 그림을 그리고 있다. 이 그림은 나의 안위와 보람만을 위한 것이 아니다. 모두에게 좋은 일이라는 점에서 마음이 기쁘다. 돈이란 버는 것도 중요하지만 사용하는 일은 더욱 중요하다고 생각한다. 그러나 이론으로 알면서도 스스로를 괴롭히는 마음의 근저에는 내어 줌에 대한 고민과 갈등이 함께하기 때문이다.

투자와 소비는 정반대의 개념이다. 투자는 미래를 대비한 씨앗의 개념인 반면, 소비는 이익을 바랄 수 없는 낭비를 말하는 것이다. 중요한 것은 현재 어떤 씨앗을 심고 있는가이다. 오늘의 행적이 내일의 모습으로 이어질 것이기 때문이다. 네빌 고다드의 《상상의 힘》에서는 "모든 순간에 투자를 해야 한다."라고 말한다. 우리가 오해하고 악용하고 무시하고 의심하고 두려워하는 모든 순간은 이익 없는 낭비의 순간이라는 것이다.

습관적으로 살아가는 익숙함에서 벗어날 때 기적이 찾아온다. 그것은 새로움을 향한 도전이며 자기계발을 향한 끊임없는 창조활동이다.

다른 사람의 생각은
기준이 될 수 없다

나 자신에 대한 자신감을 잃으면
온 세상이 나의 적이 된다.
랠프 월도 에머슨

남편 몰래 저지른 사건

2005년 어느 날. 승용차를 몰고 스르륵 미끄러지듯 아파트 지하주차장을 빠져나오는 꿈을 꾸었다. 너무나 생생하고 유연한 그 꿈은 마이카를 꿈꾸고 곧장 운전면허시험을 준비하는 계기가 되었다.

그렇게 보름 만에 면허를 취득하고 평소 봐두었던 자동차회사의 딜러를 초청해 신형 모델에 대한 브리핑을 들었다. 마음에 들었거니와 사람을 불러놓고 그냥 돌려보낼 수 없는 성격에 그 자리에서 계약을 하고 말았다. 오너드라이브를 통한 새로운 세상을 맞이할 생각을 하니 기대감이 컸던 것이다. 그런데 문제는 남편에게 정식 동의를 얻지 못했다는 점이다. 그러나 출고되기까지 약 1개월의 기간이 예상되었기에, 그 안에 남편의 허락을 받으면 될 것이라고 생각했다.

그날부터 남편에게 차량 구입에 대한 본격 제안을 하기 시작했다. 그런데 남편은 의외로 강경한 입장이었다. 차를 사더라도 3~4개월 후에 구매하자는 것이었다. 너무나 강경한 반대 입장을 듣고 보니 걱정되었다. 취소하자니 벌써 일시납으로 결제가 끝난 상태였다. 그리고 맞춤형으로 준비되어 출고를 기다리고 있었다. 지금 생각해 보니 남편이 3~4개월을 고집했던 이유는 본인이 운전면허를 취득한 후 구입하기 위해서가 아니었을까 한다.

차량이 출고될 날짜는 점점 다가오는데 남편은 그때까지 허락을 않고 있었다. 그러다 결국 출고 소식이 왔다. 차량이 인도되기까지 마음은 좌불안석이었다. 3개월 동안 사무실 주차장에 숨겨두고 있을까 생각했다. 하지만 별로 내키지 않았다. 일단 도착한 차량을 사무실 뒷마당에 주차해 두었다. 그리고 건물 5층 사무실에 있던 남편에게 내려오라고 했다. 왜 그러냐는 남편에게 일단 따뜻한 옷을 입고 내려와 줄 것을 당부했다. 설 명절을 앞두고 있었기에 날씨가 추웠다. 잠시 후, 와이셔츠 차림으로 내려온 남편에게 나는 손으로 차량을 가리켰다.

"여보, 우리 차…."

"엉? 뭐라고?"

"우리 차예요. 우리 차 샀어요."

"뭐? 차를 샀다고? 이것이 우리 차라고?"

"네."

남편의 얼굴이 하얗게 질렸다. 그리고 무서운 얼굴이 되더니 대뜸 "이런 X!" 하면서 그동안 들어보지 못하던 상스런 언어를 쏟아내고는 올라가 버렸다.

두려웠다. 그러나 어차피 치러야 할 사건이었다. 사무실과 집은 가까웠기에 곧바로 나는 집으로 퇴근하였다. 남편도 바로 뒤따라 들어왔다. 역시 무서운 얼굴. 열 받은 남편을 위해 우선 냉수 한 잔을 건넸다. 그러자 남편은 나의 발쪽으로 유리잔을 힘껏 던졌다. 퍽 깨지는 소리와 함께 유리 파편이 나의 발등으로 날아들었다. 살을 파고 들어온 유리조각으로 피가 나는데도 남편은 다른 물건들도 잡히는 대로 집어던졌다. 남편이 미친 것 아닌가 걱정되었다.

다음날부터 나는 한동안 나가지 않던 주변의 교회를 찾아가 새벽기도를 드렸다. 그만큼 인생의 위기를 느꼈던 것이다. 그렇게 며칠을 보내던 어느 날. 나는 아직 일어나지 않은 남편의 머리맡에 무릎을 꿇어앉았다. 그리고 듣든지 말든지 내가 하고 싶은 말을 속삭였다. "내가 그렇게도 미우냐. 내가 정말 꼴도 보기 싫다면 물러나 주겠다. 당신과 결혼하기 전까지 나는 스스로 알아서 독립생활을 해왔다. 내가 자동차를 구입했던 이유는 당신과 함께 여가시간을 보내기 위함이며, 명절에 성묘하러 갈 때마다 형제들의 좁은 차량을 얻어 타느니 차라리 우리 차를 갖고 싶었다."라는 사실을 고백했다.

그러고는 곧장 사무실로 가지 않고 연말연시 선물을 준비하기 위해 마트로 달려갔다. 이것저것 이웃을 위한 선물과 다가올 설 명절을 대비한 가족들의 선물을 준비했다. 그사이 남편이 사무실에 나와 있었다. 직원에게 나의 행적을 물었다는 것을 보니 내가 짐 싸가지고 가출이라도 한 줄 알았나 보다. 어쨌든 차량 구매 사건은 이렇게 일단락되었다.

그리고 설 연휴가 시작되었다. 아직은 서먹한 상황에서 수원에 계시는 시어머니를 뵈러 가야 했다. 남편은 절대로 나의 차를 탑승

하지 않겠다고 엄포를 해놓은 상태였다. 그래서 나는 그가 전철을 탈 것이라고 생각했다. 그런데 남편은 주차장을 향해 걷고 있는 나를 쭈뼛쭈뼛 따라왔다.

옆 좌석에 앉은 남편은 완전 어린애가 되어 있었다. 초보운전자인 내게 "앞에 가는 저차 따라 잡으라"며 오락을 즐기는 듯 했다. 그래도 나는 즐거웠다. 그는 내가 길을 헤맬 때마다 든든한 보디가드 역할을 해 주었다. 내비게이션에 익숙하지 않아서 같은 길을 뺑뺑 돌거나, 한밤중 빗길을 달릴 때도 "내가 있으니 걱정하지 말라"며 안심시켜 주었다. 침착하고 위트 넘치는 그와의 동행은 늘 넉넉한 기쁨과 행복을 느끼기에 부족함이 없었다.

서로의 입장을 먼저 헤아려 보자

나는 완전히 머슴이다. 기동력을 가진 덕분에 5개 사업장을 돌 때마다 각종 물품을 실어 나르고 배달하는 일을 하게 되었다. 그러나 나는 즐거운 비명을 지른다. 자동차가 얼마나 요긴하고 중요하게 사용되는지 예전에는 미처 몰랐던 것이다. 자가용이 있음으로 해서 업무의 효율성이 극대화되었다. 그뿐만 아니라 틈나는 대로 전국 여행지를 찾게 되었고 좀 더 풍요로운 일상을 찾게 되었다.

기분이 좋을 때마다 남편에게 묻는다. 차를 처음 구매할 당시 왜 그렇게 화를 내었냐, 당신의 그때 모습은 하얀 집에 보내야 할 것 같아서 걱정스러웠다고 말했다. 그런데 남편의 대답이 더 가관이다. 수천만 원의 돈을 한 방에 결제하는 여자가 어디 있냐, 미친 줄 알았다고 했다. 그리고 차를 사서 매일 이상한 여자들처럼 돌아다니려고 그런 줄 알았다고 했다.

서로의 입장을 듣고 보니 기가 막혔다. 서로가 미친 사람이 되어 있었던 것이다. 이렇게 우리는 서로의 다른 입장을 헤아리며 한바탕 웃어넘겼다. 이렇게 구매한 자동차 덕분에 우리는 엄청나게 많은 일을 한다. 연 3만 킬로 이상을 달리며 사업을 확장시키고 틈날 때마다 여가를 즐기고 있다.

많은 추억을 쌓아 주고 업무적 성과를 이루는 데 도움을 준 나의 첫 애마는 2015년을 마지막으로 동생에게 물려주었다. 그리고 우리는 새로운 애마를 맞아들였다. 품위와 안전을 생각해서 튼튼하고 안전한 검정색 독일산 벤츠로 갈아탄 것이다. 지금도 자동차의 짐칸에는 각종 책과 레저도구들이 실려 있다. 이렇게 충실한 나의 애마는 좌충우돌 우리 부부의 삶을 지켜주며 인생의 희로애락을 함께하고 있다.

05 :
과거의 내가 아닌
현재의 나를 보라

오늘 할 수 있는 일을
내일로 미루지 마라.
벤저민 프랭클린

가정환경은 나로 하여금 자수성가의 꿈을 꾸게 했다

과거의 나는 선머슴 같은 시골 아이였다. 당시 우리 집에는 경운기가 있었다. 아버지는 나에게 석유 심부름을 시키셨다. 그럼 나는 자전거에 석유통을 싣고 시내까지 다녀오고는 했다.

내 밑으로 동생이 세 명이 있다. 여동생 둘, 남동생 하나. 두 살 위의 언니가 한 명 있지만 대체로 동생들을 돌보는 일은 내 몫이 되었다. 어머니가 젖먹이 동생을 두고 모내기를 하러 가시면 나는 집에서 아기를 돌봐야 했다. 때로는 업어 줘도 울고 안아 줘도 우는 동생 때문에 함께 울었다. 그러다가 시간이 되면 아기 젖을 먹이러 어머니가 계신 곳까지 한 시간을 걸어 다녀오곤 했다.

초등학교 4학년 때 어머니가 하시던 모습을 떠올리면서 직접 총각무 김치를 담근 적이 있다. 시장에서 붉은 고추를 사서 갈아 달라고 했더니 거기에 생강도 함께 넣어 준 바람에 한층 맛과 향이 달랐다. 이것으로 어머니의 점심을 준비해 가져갔더니 어머니는 감탄을 하셨다. 약간 짜기는 하지만 맛있다고 하셨다. 이것을 여기에 소개하고 보니 왠지 당시의 동심이 되어 뿌듯한 미소가 나온다.

집 앞에는 커다란 은행나무가 한 그루 있었다. 청명한 가을하늘에 바람이 한번 불 때마다 노란 은행잎이 금빛 물결을 치며 꽃잎처럼 휘날렸다. 그리고 어느 날 바로 밑의 여동생이 태어났다. 산파였던 둘째 이모가 어머니의 해산을 도와주셨다. 당시 이모는 흙 놀이를 하던 나에게 외할머니를 모셔오라고 했다. 그러나 긴박성을 모르던 철부지는 길에서 딴짓을 하는 바람에 야단을 맞기도 했다.

당시 어른들은 남아선호사상이 있어서 아들을 기다리고 있었다. 어머니의 배가 불러올 때마다 동네 사람들은 아들인지 딸인지 나름대로 점을 쳤다. 그러나 나는 어머니의 뱃속에 여동생이 들어 있다는 것을 알고 있었다. 생생한 꿈을 꾸었기 때문이다.

하지만 나는 어머니의 볼록한 배를 만지작거리면서 "남동생이 나올 수 있을 것"이라며 어머니를 위로했었다. 영특한 어린 마음에서였다. 그러나 막상 여동생이 태어나자 어머니는 돌아누워 우셨다. 기다리던 아들이 아니라 딸이었기 때문이다. 하지만 할머니는 여동생을 복덩이라고 했다. 노는 모습이 마치 남자애들 같더니 그 다음 바로 남동생을 봤기 때문이다.

남동생이 태어나던 날은 함박눈이 내리던 겨울날의 이른 새벽이었다. 우리는 할머니랑 안방에서 자고 있었다. 윗방에서 주무시던 어머니가 뒷간에 가시는가 싶더니 곧이어 싸리 빗질 소리가 들렸다. 통로의 눈을 치우신 것이다. 그러더니 갑자기 배를 끌어안고 들어오셨다. 진통이 온 것이다. 아버지의 급한 보호를 받으며 어머니는 안방으로 모셔졌고 우리는 윗방으로 자리를 옮겼다. 할머니가 부엌에서 물을 끓이시는 동안 우리는 위뜸에 사시는 산파이모를 모셔왔다. 안방에서 어머니가 아기를 낳으시는 동안 나는 윗방에서 아버지랑 얼마나 떨었는지 모른다.

"고추다!"라는 이모의 외마디에 우리는 온통 축제 분위기가 되었다. 드디어 어른들이 기다리던 아들이 태어났다는 점에서 안도의 기쁨을 누린 것이다. 날 밝기가 무섭게 아버지는 장에 가시더니 아기의 배냇저고리와 면 기저귀를 필로 떠오셨다. 그리고 미역도 사오셨다. 다른 때 같으면 어머니가 미리 준비해 놓으셨겠지만 또 딸이겠거니 기대를 안 하셨다는 것이다.

어쨌든 우리 집에 남동생이 태어남으로 해서 든든한 안도감이 주어졌다. 백일잔치, 돌잔치, 부모님은 없는 돈 마련해 동네 사람들과 기쁨을 함께하셨다. 할머니는 매일 새벽 남동생을 업고 동네 한 바퀴를 돌고 오셨다. 그리고 과수원집에서 사과를 한 봉지씩 사다가 감춰 두고 남동생에게만 수저로 긁어 먹이셨다. 여자로 태어난 우리도 먹고 싶던 사과였다. 그러나 우리는 종잇장처럼 얇게 버려진 껍데기를 뜰에서 몰래 주워 먹었을 뿐이다.

그 후 몇 년 지나 막내 여동생이 태어났다. 그날도 추운 겨울이었고 눈이 왔었다. 여자아이였지만 직전의 남동생으로 인해 예전처럼 서운해하지는 않으셨다. 당시 학교에서 돌아오는 길은 마음에 진한 감동이 있었다. 생명에 대한 애틋함과 사랑을 느꼈다.

우리 부모님은 가끔 다투기도 하셨지만 대체로 사이가 좋으셨다. 나는 이른 아침 부엌 아궁이에 불을 지피면서 두런두런 나누던 두 분의 이야기소리에 잠을 깨곤 했다. 그리고 두 분은 무척 성실하셨다. 아버지는 많이 힘든 일을 하셨고, 어머니도 새벽부터 밤 늦도록 닥치는 대로 일을 하셨다. 그리고 일이 없는 날에는 긴장이 풀려서인지 종일 몸살을 앓곤 하셨다.

나의 소망은 부모님을 행복하게 해 드리는 것이었다. 어떻게 하면 이분들을 기쁘게 해 드릴까 고민했던 것이다. 그렇게 해서 생각한 것이 독학이었고 자수성가의 꿈을 꾸게 된 것이다.

상상력으로 강한 에너지를 일으켜라

아이들은 성장하면서 무서운 꿈을 잘 꾼다. 나도 초가집을 둘러싼 오색 무지개꿈을 꾸기도 하였지만 무서운 동물에 쫓기는 꿈도 많이 꾸었다. 그리고 전설 속 존재인 용이나 봉황새가 나의 머리 위를 나는 꿈을 꾸기도 했다.

하루는 집 앞 나무그늘 아래 동네 어른들이 모여 앉아 있었다. 밝은 대낮인데 "하늘에 용이 올라간다"고 사람들이 고함을 치며 하늘을 올려다보고 있었다. 내 눈에는 푸른 하늘과 구름뿐이었다. 그러나 어른들 눈에는 용이 보였나 보다. "올라간다, 올라간다… 내려간다, 내려간다…!" 하늘에 떠있는 어떤 실체를 바라보며 사람들은 열광하고 있었다.

다음날 아침, 나는 어머니에게 용이 하늘에 잘 올라갔는지 여쭤 보았다. 어머니는 무슨 소리냐고 물으셨다. 어제 낮에 집 앞 나무그늘에서 동네 사람들과 용이 승천하는 것을 보지 않으셨냐고 다시 물었더니 "네가 꿈을 꾼 것"이라고 했다.

두 번째는 동네 뒷산 너머로 용이 승천하다가 떨어지는 꿈을 꾸었다. 속설에 의하며 용이 승천할 때 사람들이 쳐다보면 올라가질 못한다고 했다. 그래서 그런지 우리 눈에 발견된 용이 더 이상 날지를 못하고 땅에 떨어졌던 것이다. 우리는 그 위치를 겨냥하고 있다가 얼른 뛰어가 용을 잡았다. 용의 배를 가르고 깊숙이 내장을 뒤집으며 팔뚝과 앞자락에 피를 묻혔다. 당시 어른들은 멀찌감치 뒷짐을 지고 구경하고 있었다. 이와 같은 이야기를 어머니에게 들려드렸더니 용을 죽이지 말고 하늘에 잘 올려 보냈더라면 좋았겠다고 말씀하셨다.

세 번째는 서울 상경 후. 그때는 회색빛 하늘에 음산한 분위기

였다. 누군가가 돌아가셨다고 했다. 상여를 따라가는 길에 커다란 용 여러 마리가 나의 머리 위를 호위하듯 날고 있었다. 그때 느낌 으로는 저들도 슬픈가 보다 생각했다.

아마도 이때는 서울 유학을 계획하고 진행되는 과정에서 당시의 환경과 심리적 상태가 반영된 것이 아니었나 싶다. 할머니도 이 과 정에서 돌아가셨고 어머니도 이 과정에서 암 투병을 하시다가 돌아 가셨다. 그리고 나의 심리상태도 많이 곤고했었다.

그 후 현재의 사업장을 오픈하기 전, 매달 한 건씩 재미있는 꿈 을 꾸었다. 온통 파란 하늘에 푸른 언덕이 펼쳐진 서울 한복판에 서 있는 꿈이었다. 푸른 언덕 위로 서남부 끝에서 북한산 끝까지

한눈에 내려다볼 수 있는 언덕을 바라보고 있었다. 그런데 집채만 한 커다란 봉황새가 날개를 쫙 펴고 내 머리 위를 나는 것이었다.

꿈속에서는 영화 속 주인공이 되거나 멋진 영화를 보는 관객이 되기도 한다. 수영을 전혀 못하는데도 물속을 자유자재로 유영하기도 하고, 시공을 초월해 높은 건물 위를 날아다니기도 한다. 저쪽 공간으로 날아갈 수 있을까 상상만 했는데 어느새 나의 몸이 붕 뜨면서 원하던 공간으로 이동했다.

그런데 이것은 비단 꿈속의 일만은 아닌 것 같다. 초인들의 삶에서는 실제로 시공을 초월하는 모습들이 공개되고 있다. 베어드 T. 스폴팅이 지은 《초인들의 삶과 가르침을 찾아서》에는 물질세계를 뛰어넘는 기적을 행하는 초인들의 삶이 기록되어 있다. 믿어지지 않지만 믿을 수밖에 없는 사실이라는 것이다.

오늘날 기인열전에서도 많은 신비한 일들을 확인할 수가 있다. 이들은 한결같이 집중된 상상력을 동원해 강한 에너지를 일으킨다.

사실 나의 어릴 적 상황에 비하면 이건 완전 기적에 가깝다고 해야 할 것이다. 간절히 원하고 바랐던 크고 작은 소망은 하나도 빠짐없이 이루어졌다. 학업의 문턱과, 경제적 자유와 아름답고 건강한 가정까지. 그러나 앞으로 살아갈 날의 또 다른 보람과 행복을 위해 현재의 나를 정확하게 점검해야겠다.

06 :
중요하지 않은 일에
시간을 쓰지 마라

생각할 수 있는 시간을 갖도록 하라. 그러나 행동을 해야 할 때가 되면
생각하기를 멈추고 바로 행동으로 뛰어들어라.
나폴레옹 보나파르트

용서는 삶을 살아가는 기술이다

한동안 글발이 오르지 않아 원고의 속도가 늦어지고 있었다. 곰곰이 이유를 살펴보니 남편과 마찰을 일으킨 후 마음에 즐거움을 잃었기 때문이다. 처음에는 남편에게 탓을 돌렸다. 형님들 앞에서 내게 모욕적인 말을 한 것이 서운했던 것이다. 그리고 그것을 회복시켜 주기를 바랐던 것이다.

하지만 피해자는 내가 아니라 남편이라는 생각이 들었다. 어느 순간부터 그는 자신의 즐거움을 잃어버리고 시무룩하게 자리를 지키고 있었다. 문제의 원인을 좀 더 소급해 분석해 보니 항상 앞서 가는 내가 문제였다. 결국은 누구의 잘잘못이라기보다는 오해와 무

지가 결합된 편협한 사고였다.

쓸데없는 생각으로 중요한 시간을 낭비한 것이다. 누가 뭐라 한들 문제의 그것을 받아들이느냐 아니냐는 나에게 달려 있기 때문이다. 맘에 안 드는 말은 내가 받아들이지 않으면 그만이다. 그래서 우리는 의식 훈련을 필요로 한다.

한책협에서는 매주 금요일 저녁 특별한 강의가 진행되고 있다. 미라클 사이언스 프로그램을 통해 목표를 이루고 소망을 성취하는 힘의 원리를 공개하는 것이다. 이는 성경적 진리에 해당하는 것이지만, 단순한 앎의 차원을 넘어 직접적 삶에 적용해 효과를 누리는 지혜다.

평범한 일상이지만 보이지 않는 무거운 분위기를 탈피하고 싶었다. 마침 원고를 독촉하던 김태광 대표 코치님이 "글이 써지지 않을 때는 네빌 고다드의 《상상의 힘》을 20분만이라도 읽어 보라"는 조언을 주셨다. 의식을 흔들어 깨우는 진리에 대한 교과서였다.

성공과 행복을 위해 우리가 할 일은 우선 자신부터 교정해야 한다는 것이다. 우리가 바라고 원하는 상태를 마음속으로 또렷하게 완성한 후 그것에 흠뻑 빠져들도록 집중하는 것이다. 상상이 없다면 우리는 죄인으로 남는다고 했다. 삶을 살아가는 기술은 용서라는 것이다.

이에 대한 실천을 방금 귀가한 남편을 통해 실현했다. 지쳐 보이는 그를 위해 영양가 있는 음식을 준비해 먹이고 따스한 눈길을 보내고 나니 내 마음도 기쁘고 분위기도 밝아졌다. 그 역시도 스스로의 생각에 사로잡혀 답답한 시간을 보냈던 터라 은근히 좋아하는 눈치였다. 이 시간 마음을 열고 굳어진 분위기를 가볍게 전환할 수 있었던 것은 용서의 기술을 새롭게 적용했기 때문이다. 학습된 상상의 힘을 통해 스스로를 돌아보며 교정을 시도한 것이다.

자격지심은 피차 상처만 줄 뿐이다

나는 수년 전 인터넷상에서 동창회 카페를 만들어 운영했었다. 처음에는 외롭고 심심한 마음으로 그날그날의 마음을 일기처럼 쏟아냈다. 그런데 어느 순간부터 나의 글을 읽고 찾아오는 손님들이 생겨나기 시작했다. 같은 마음으로 찾아온 친구들이었다. 수년이 지나도록 안부도 모르고 살았지만 인터넷을 통해 다시 만나게 된 것이다. 우리는 삼삼오오 떼를 지어 만나 회포를 풀며 즐거운 시간을 가졌다.

그러던 어느 날 우리의 카페에 특별한 손님이 찾아왔다. 재벌가의 며느리가 된 고향 선배였다. 그녀의 남편은 미국에서 박사 과정을 밟고 있으며 비싼 강남땅에 80~90평짜리 아파트를 서너 채 갖고 있었다. 이 밖에도 고급 빌라 두 동을 소유하고 있었으며, 빌딩도 두 개나 갖고 있었다. 일부는 시어머님의 재산이라고 했지만 외제차를 모는 데다가 미국을 이웃처럼 드나들었다. 웬만한 서민들기죽이기에 딱 좋은 환경이었다.

평범한 수준을 넘어선 그녀가 등장하자 우리는 호기심과 기대가 작동했다. 그녀는 내가 매일같이 올려놓는 소소한 이야기들에 감동을 받았다고 했다. 농담처럼 스스로를 푼수끼가 있다고 했지만 그녀는 순수했다. 자신의 형제들로부터 왕재수 소리를 듣는다고 했지만, 이는 상류사회와 서민사회 사이에서 어정쩡한 정체성의 혼란을 겪은 것이 아닌가 생각되었다.

어느 날 그녀는 나랑 가까운 친구 몇 명을 포함해 식사를 대접하겠다고 했다. 덕분에 나는 친구들과 함께 유명한 갈비 집에서 비싼 왕갈비를 먹을 수 있었다. 그런데 문제는 내 친구 중 한 명이 왕갈비에 뒤풀이까지 잘 대접받고는 선배를 향해 온갖 조롱과 비아냥을 하는 것이었다. 내가 민망할 정도였다. 선배의 입장에서는 기껏 돈 쓰고 욕먹은 꼴이다. 이럴 바에야 차라리 만나지 말았어야 했다. 중요하지 않은 일에 중요한 시간을 허비한 것이다.

진정한 친구를 가려낼 줄 알아야 한다

나는 최근 자기계발서들을 집중적으로 읽고 있다. 그 책들은 한결같이 '구별된 만남'을 요구한다. 인간관계의 가지치기를 통한 환경적 좋은 만남과 관계형성을 말하는 것이다.

최근 들어 앞으로의 살아갈 나이를 거꾸로 헤아리는 일이 많아졌다. 새로운 꿈과 계획을 세우고 보니 하루하루의 시간이 소중한 것이다. 그래서 희망을 이루는 버킷리스트를 준비했다. 물 좋고 경치 좋은 서울의 모처에 건강한 활동을 꿈꾸는 그림을 그리고 있다.

한책협의 김태광 대표 코치도 자신의 유튜브 채널인 〈김도사 TV〉를 통해 '진짜 친구 가려내는 방법 7가지'를 올려 관심을 모으고 있다. 그는 우선 친구가 평소 나를 대하는 태도를 관찰해 보라고 한다. 그의 언어 표현이 부정적인지 긍정적인지를 알아보라는 것이다. 아끼고 사랑하는 친구라면 긍정적이고 응원하는 말을 해 줄 것이다. 또한 나의 꿈을 진심으로 응원하는지 염려하는지 관찰해야 한다. 꿈을 향해 나아갈 때 많은 사람들이 말린다. 이는 실패할까 염려하는 것 같지만 실은 남이 더 잘되는 것을 싫어하기 때문이다. 그리고 평소 다른 지인들이 잘되고 있을 때나, 큰돈을 빌려 달라고 했을 때 어떤 반응을 보이는지 살펴보자. 또한 평소 술자리에서 어떤 대화를 나누는지 지켜보자. 주로 남을 욕하거나 험담하는 사람은 피해야 한다. 평소 의리나 믿음, 관계에 대한 이야기를 자주 하는지 보자. 자신은 그렇지 않기에 오히려 입에 달고 다니는 것이다. 마지막으로 미혼은 친구에게, 기혼은 배우자에게 어떻게 대하는지 보자. 상대를 함부로 대하는 사람이라면 굳이 관계를 이어나가며 귀중한 시간을 낭비할 이유가 없다.

인생을 살아가면서 진정한 친구를 찾는 것은 매우 중요하다. 이상의 사항을 명심해 진짜 친구를 가려내고 나 또한 좋은 가치관으로 좋은 사람들을 끌어당겨야 할 것이다.

07 :

준비된 사람에게는
모든 것이 기회다

기회를 만나지 못한 사람은 한 명도 없다.
그 기회를 잡지 못한 것뿐이다.
앤드루 카네기

기회가 왔을 때 놓치지 말고 잡아야 한다

내가 운영하고 있는 한국아파트경리학원에서는 취업희망생들에게 별도의 취업특강을 하고 있다. 면접 보는 방법, 백 쓰는 방법, 오래 살아남는 방법, 월급보다 더 많이 돈 버는 방법 등. 이것을 처음부터 기획했던 것은 아니다. 워낙 취업시장에 홍보를 많이 해놓았기 때문이다. 이 때문에 본래의 프로그램만 잘 가르치면 된다고 생각했었다. 그리고 인재를 추천해 달라는 요청도 제법 들어왔었다.

그런데 문제는 우리가 자신만만하게 추천해 준 인재들이 면접에서 우수수 탈락하는 일들이 벌어졌다. 이유를 물어보니 경력이 없어서라고 했다. '아니, 학원에는 당연히 초보자들이 와 있다는 사실을 모른단 말인가? 그리고 이들이 실무를 배워서 취업 준비를 하고 있다는 사실을 모른단 말인가?' 의아했다. 그리고 곧 사용자들의 심리를 헤아려 보았다. 그들은 한국아파트경리학원에 연락을 하면 우수한 인재들이 줄 서 있을 것이라고 생각했다. 그러나 막상 사람을 추천받고 면접을 보니 불안했을 거란 결론을 얻었다. 이유는 취업 희망자들의 서류였다. 너무도 썰렁한 문방구 이력서, 실무에 아무런 도움이 안 되는 몇 개의 사회경력…. 내가 면접관이라도 채용하지 않았을 것이라는 생각이 들었다. 인물들이야 멀쩡했지만 보여준 서류가 너무도 허술해 신뢰할 수 없었던 것이다.

이력서는 그 사람의 얼굴이다. 아무리 학원에서 잘 배웠다고 한들 그것을 무엇으로 증명해준단 말인가. 취업서류를 잘 준비해야겠다는 생각이 들었다. 그렇다고 없는 경력을 당장 만들어 낼 수는 없는 노릇이었다. 이에 대한 연구를 깊이 했다. 그리고 합리적인 방법을 동원해 적용해 나갔다. 역시, 취업특강을 들은 사람과 그렇지 않은 사람의 결과는 하늘과 땅 차이었다.

준비된 사람에게는 모든 것이 기회다. 그렇다면 어떤 사람이 준비된 사람일까? 천차만별의 모습을 지닌 수강생들에게 해 주는 말이 있다. 취업이 될까 안 될까 고민하지 말고 스스로 가치를 지닌 사람인지 아닌지를 확인하라고 말한다. 시장에 내놓을 상품이기 때문이다.

우선 거울에 비쳐진 내 모습을 관찰할 필요가 있다. 아파트 입주민을 대상으로 한 서비스업인 만큼 내 얼굴을 대하는 타인의 입장을 생각해야 할 것이다. 좋은 인상과 좋은 이미지를 위해 마음과 생각을 바르게 할 필요가 있는 것이다.

좋은 인상과 좋은 이미지는 좋은 마음에서 나온다. 무엇보다도 상대방을 이해하고 배려하는 마음이 중요하다. 이는 다른 직종에서도 마찬가지다. 하지만 까다로운 입주민을 대상으로 할 때는 더욱 그렇다. 타인뿐만 아니라 본인을 위해서도 직장인으로서의 기본 마인드가 필요한 것이다.

복장과 헤어스타일은 나의 이미지를 가장 잘 대변해 준다. 하늘을 나는 승무원들을 생각해 보자. 깔끔한 정복에 머리카락 하나 흐트러짐이 없다. 외모를 통해 그 직종을 단박에 알 수 있는 것이다. 비싼 옷이 아니더라도 깔끔하고 단정한 차림이어야 하겠다.

취업이 되기 전까지 현장실습을 필수로 하는 것이 좋다. 이를 위해 선후배간 만남의 장을 열어놓고 있다. 어디서든 보이지 않는 눈이 나를 관찰하고 있음을 명심해야겠다. 매너와 센스를 갖춘 순발력은 생각지 못한 곳에서 행운을 가져다준다.

기회의 신은 앞머리만 있고 뒤통수는 대머리라고 한다. 기회가 왔을 때 손을 내밀어 확 잡아채야지 지나가면 잡을 수 없다는 말이다. 사람마다 성공의 기회가 세 번은 있다고 한다. 이때 준비된 사람은 찰나의 기회가 오면 주저 없이 낚아채어 기회를 통해 성공

을 거머쥔다. 그러나 준비되지 않으면 이것이 기회인지 아닌지 고민하다가 지나가버리고 마는 것이다.

기회는 불청객의 모습을 하고 있다

최근 서울 한복판의 풍수가 좋기로 유명한 땅을 내 것으로 구입하는 행운을 얻었다. 그러나 당시 한 가지 흠집이 있었다. 그린벨트와 비슷한 성격의 행위제한을 받은 비오톱(biotope; 생물서식공간)으로 묶여 있었다. 그럼에도 불구하고 매물이 나온 즉시 계약을 했던 것은 하늘이 준 기회라는 믿음과 확신이 있었다. 정황상 비오톱의 요인이 아니었기 때문이다.

처음에는 주변 사람들에게 비웃음과 조롱을 당했다. 사용할 수 없는 묶여 있는 땅을 사다니, 사기를 당한 것이 아니냐고 말이다. 더군다나 어떤 부동산 업자가 인터넷에 관련된 매물에 대해 정확한 정보도 없이 부정적인 시각의 추측성 글을 올려놓았다. 이유는 너무 싸다는 것이었다. 그러나 나는 매물로 내놓은 거래처의 입장을 충분히 알고 있던 터였다. 한 달 안에 처분하지 않으면 80%의 세금을 물어야 하는 급매물이었던 것이다. 준비된 사람 입장에서 이것은 분명 기회였다.

서류도 깨끗했고, 관할 구청에도 의뢰해 봤지만 위험성은 적어 보였다. 그럼에도 불구하고 사람들은 지레짐작으로 '아니면 말고' 식의 부정적인 발언을 서슴없이 했다. 사람들에게 시달림을 받던 얼마 후, 관할 구청의 홈페이지를 통해 관련 물건에 대한 비오톱 해제 소식을 알게 되었다. 해제될 것을 전망하기는 했지만 이렇게 빨리 될 줄은 몰랐다.

땅 주인은 따로 있다고 한다. 아무리 똑똑한 사람이라도 준비되지 않은 사람의 눈에는 긍정보다는 부정적인 조건이 그의 마음과 생각을 가로막는 것이다.

그동안 나의 소망을 이루는 과정에서 반드시 만나게 된 존재가 있었다. 그것은 어떠한 일이든 부정적 안목으로 훼방하는 존재였다. 그들은 한결같이 나를 위한다는 명분이었으나 결국은 자신과는 상관없는 일로 고춧가루를 뿌렸다.

청운의 꿈을 안고 서울행을 할 때도 주변 사람들이 만류했었다. 스물네 살의 한창 좋은 나이에 좋은 남자 만나서 결혼이나 하라는 것이었다. 그러나 오직 한 가지 나의 꿈을 이루기 위해 모든 것을 다 털어버렸다. 그리고 서울행을 감행해 원하던 학구열을 불태웠다.

그리고 지금의 남편을 만나는 과정에서도 엄청난 시련과 압박을 외부로부터 받아야 했다. 그것 역시 나를 위한다는 명분이었다. 마치 그들이 제시하는 방향대로 움직이지 않으면 크게 망하는 것처럼 온갖 회유와 압박이 있었던 것이다.

그러나 그 모든 것을 뿌리치고 오직 나의 중심을 지켰던 오늘날의 결과는 어떠한가. 행복한 가정도 이루고 원하는 일을 하면서 성공해 잘 살고 있지 않은가. 그런데 오늘날 또 다른 단계에서 시련과 압박을 받았던 것이다.

준비된 사람에게는 모든 것이 기회다. 그러나 기회는 쉽사리 드러나지 않는 특성이 있다. 불청객의 모습을 하고 있는 기회를 잡기 위해서는 본질을 보려는 노력이 필요하다. 가만히 기다려 주는 것이 아니라 항상 움직이고 있는 기회에 올라타고 싶다면 010.4933.3548로 조언을 요청하는 문자 메시지를 보내 보자. 상상력과 에너지를 집중시켜 빠르고 정확하게 가능성을 포착할 수 있도록 세심한 조언을 아끼지 않을 것이다.

08

자기계발에
아낌없이 투자하라

늘 행복하고 지혜로운 사람이 되려면
자주 변해야 한다.
공자

시작하기에 늦은 나이는 없다

만학의 꿈을 이루겠다고 서울행을 감행했을 때가 엊그제 같은
데 어느새 꿈꾸던 목표점에 와 있다. 당시 부모님은 나의 서울행
을 만류하며 눈물을 보이셨다. 마땅한 혼처가 생기면 결혼하길 바
라셨던 것이다. 그때 내가 무릎 꿇고 부모님께 드린 말씀이 있다.
애굽(지금의 이집트)으로 팔려 갔던 요셉 이야기였다. 요셉이 그 나
라의 총리가 되어 자기 민족을 구한 것처럼 나는 '내가 서울에 가
서 성공해 동생들을 인도하고 집안을 일으키겠다'라고 다짐한 것
이다.

이 약속은 현실이 되었다. 나는 5개 사업장의 주요 자리에 3명

의 동생들을 앉혀 놓고 같은 곳을 바라보며 협력하고 있다. 5남매 중 하나가 잘되고 보니 여러 사람이 함께 잘살게 되었다. 이렇게 친정 형제는 물론 남편 형제들까지 연관 지어 협업하고 있다. 그동안의 삶을 돌아보니 너무나 고맙고 감사해서 스스로에게 약속했다. 살아가는 동안 더욱 겸손하자고. 일주일에 한 번은 하나님께 엎드려 스스로를 성찰하는 시간을 갖자고.

어느 순간부터 돌아본 삶의 뒤안길은 보람과 가치의 척도가 되고 있다. '어떻게 살아야 잘 사는 것인가'를 생각할 때 연세대학교 명예교수인 김형석 교수의 말씀을 떠올리지 않을 수 없다. 사람들 사이에 감동의 메시지로 회자된 그의 고백은 다음과 같다.

"65세에 정년퇴직을 하고 나면 편안한 노후를 살다가 조용히 하늘나라에 갈 것이라고 생각했다. 그러나 95세의 생일 때 후회의 눈물을 많이 흘렸다. 퇴직 이후 30년간 덧없고 희망 없는 삶을 살아왔기 때문이다. 만일 퇴직하기 전에 앞으로 30년을 더 살 수 있다고 생각했더라면 난 정말 그렇게 살지는 않았을 것이다. 그때 당시 스스로 늙었다고, 뭔가를 시작하기엔 너무 늦었다고 생각했던 것이 큰 잘못이었다."

이렇게 말씀하신 그분은 그 나이에 또 다른 10년을 위해 외국

어를 공부했고 지금까지도 많은 강연을 하고 있다.

건강과 지혜를 유지하라

또 다른 반세기를 위해 준비해야 할 것이 있다. 지금까지 돈과 성공을 위해 살아왔다면, 이제는 그것을 잘 사용하는 데 필요한 건강과 지혜가 있어야 할 것이다. 가능하면 아름다운 외모도 유지하길 소망한다. 그러나 어쩔 수 없이 변하는 것이 순리라면 고상한 내면의 아름다움을 찾고 싶다.

'건강하고 아름답게.' 이는 스마트폰에 저장된 나의 프로필 문구다. 몸과 마음과 영혼이 건강하고 아름답길 희망하는 마음에서다. 운동이라는 것을 지독하게도 싫어하던 내가 최근 스포츠센터에 연회원으로 등록하고 일대일 PT수업까지 받고 있다. 그러나 작심삼일, 끊어질듯 이어지고 있는 것은 개인수업을 담당해 주시는 젊은 선생님 덕분이다.

30대 초반의 선생님은 누가 봐도 매력남이다. 친절한 미소, 밝은 얼굴, 힘 있는 목소리. 게다가 세대차를 느끼지 못할 만큼 나의 정서에 맞는 언어를 사용한다. 그런 점에서 매우 큰 호감을 지니고 있다. 간혹 수업을 빠지게 되어 미안한 마음을 전할라치면 "지금은 몸이 시련을 겪고 있는 것"이라며 오히려 위로하고 다독이기까지 한다.

중년의 아주머니들이 자신을 가르치는 수영 선생님에게 반해

적금까지 깬다는 우스갯소리가 있다. 그 말에 충분히 공감이 가는 것은 젊음이 주는 매력이 이렇게나 신선하기 때문이다. 그의 프로필 사진을 들여다보면 왠지 모를 미소가 떠오른다. 환하게 웃는 모습 속에 담긴 배려의 마음과 정서적 공감이 따스하게 묻어나기 때문이다. 그러나 나는 선생님과 나누었던 소소한 대화 내용을 모두 삭제한다. 나의 남편을 의식하기 때문이다. 행여 언짢은 기분을 느끼지 않게 하기 위해서다.

그러나 건강한 매력을 지닌 PT 선생님은 분명 나에게 좋은 에너지를 주고 있다. 덕분에 운동 실력이 늘어가고 있으며, 추구하는 건강한 아름다움이 나에게로 향하고 있음을 느낀다.

스스로 만족하는 나를 만들어라

또 하나의 건강하고 아름답기 위한 나의 시도는 나만의 책을 쓰는 것이다. 최근 한책협을 만나면서 양질의 책들을 접하며 재미있게 읽고 있다. 평소 좋은 책을 고르기가 얼마나 어렵던가. 그러나 이미 베테랑 독서가이자 저자들에 의해 추천된 다량의 책들이 피와 살이 되고 있음을 느낀다.

그중 위닝북스에서 출간된 미셸 리의 《1% 여자의 자기경영법》은 여성으로서 아름다워지는 비결을 너무도 멋지고 자세하게 소개하고 있다. 지식으로서만이 아니라 삶 속에도 녹아 있는 자기경영 기법인 듯하다. "여자의 매력은 나이와 무관하다."라는 그녀의 주장을 적극 지지한다. 그녀는 매력 있는 여자, 성공한 여자의 또 다른 표본이 되길 희망한다. 프로필을 통해 본 그녀의 세련되고 아름다운 용모는 같은 50대의 나이임에도 30대처럼 아름답게 느껴진다. 그런데 이분도 한책협을 통해 발굴된 작가다. 그런 점에서 나의 소속 협회의 정체성을 확인하게 되었다.

자신의 삶을 끊임없이 사랑하고 노력하는 여자가 바로 '나'인 것 같아서 흐뭇하다. 스스로의 발전을 위해 정신적, 물질적 에너지를 아낌없이 투자하고 있기 때문이다. 특히 막연했던 나의 이미지와 앞으로의 진로들이 더욱 구체화되는 느낌이 들어서 신난다. 그동안 나는 작가로서 도전하고 있음에도 자의 반 타의 반에

의해 수동적으로 움직이는 내 모습에 괴로웠다. 그것은 나쁜 꿈을 꾸고 나서의 기억이 나의 발목을 잡고 있기 때문이라는 사실을 나중에 알게 되었다. 그러나 좋은 메시지들을 통해 새롭고 좋은 의식으로 전환하니 얼마나 기쁘고 좋은지 모르겠다. 내가 원하고 바라던 상상들이 현실에 적용되고 이뤄지는 느낌이 들어 황홀하기까지 하다.

최근 주변 커피숍을 찾는 일이 잦아졌다. 방해받지 않고 책을 읽기 위해서다. 눈물, 콧물 흘리며 감동하다가도 나의 행동을 수정할 수 있는 대목이 나오면 바짝 정신이 든다. 그리고 스스로 명품이 되는 느낌이 들면서 기분이 좋아진다. '그동안 왜 이렇게 당연한 내용을 모르고 살았을까?'라고 자책을 하면서도 마음은 편안하다. 책은 제3자의 눈을 통해 객관적인 내 모습을 들여다보게도 했다. 새삼 나의 불투명한 의식을 밝게 하려고 노력해 준 주변 분들에게 고맙고 감사하다.

나는 진정 아름답길 소망하되 외형적인 아름다움이 잘 유지되길 희망한다. 그렇다고 의학의 힘을 빌리자는 말은 아니다. 이리저리 인위적으로 손댄 모습은 결코 아름답지 않다. 최근 5·18사건과 관련해 TV에 비춰진 전직 영부인의 모습은 놀라울 정도로 기괴스러웠다. 아무리 돈이 있고 권력이 있어도 가는 세월 잡을 수는 없나 보다. 천연의 향기처럼 고상함이 묻어나는 아름다움은 아무나 가질 수 있는 것이 아니었나 보다. 내면의 향기가 광채를 띠듯이 고상함이 묻어나는 아름다움을 지니고 싶다.

흔히 "여성의 가치는 여성성을 자랑스럽게 여길 때 빛난다."라고 한다. 나는 여기에 부드러운 매력을 더할 것이다. 당당하고 따스하되 균형 잡힌 몸 관리로 스스로가 만족하는 아름다운 나를 만들 것이다. 이를 위해 실천해야 할 덕목이 몇 가지 있다.

첫째, 내면의 아름다움을 연마할 것이다.

내면의 아름다움을 위해 더러워진 의복을 매일 세탁하듯이 스스로를 성찰해 내면을 깨끗하게 청소할 것이다. 그러기 위해서 우선 새벽 첫 시간을 이용해 묵상하는 시간을 가질 것이다. 그렇게 내면에서 하나님의 음성에 귀 기울일 것이다. 그 음성이 설령 내게 작은 손해를 요구한다 할지라도 당장 이 세상을 하직하는 것처럼 가치와 보람에 무게를 둘 것이다.

둘째, 외형의 아름다움을 위해 노력할 것이다.

적당한 음식 섭취와 운동하는 일에 더욱 부지런할 것이다. 운동은 힘든 것이 아니라 재미있는 것이라는 의식을 가지고 몸의 구조에 맞춰 전문적인 트레이닝을 꾸준히 받을 것이다. 그렇게 성실하게 근력운동을 연마할 것이다. 바른 자세, 바른 걸음, 바른 움직임을 의식적으로 연습해 일상에서 자연스럽고 건강한 아름다움을 완성할 것이다.

셋째, 바른 말, 고운 말, 좋은 생각을 생활화할 것이다.

말하기는 그 사람의 인격을 대변한다. 따라서 나는 일상에서 바른 말과 좋은 생각을 생활화하여 사람으로서의 품격을 갖출 것이다.

넷째, 내면의 양식을 위해 양질의 독서를 축적할 것이다.

냉장고의 재료가 풍부하면 다양한 요리를 만들어 낼 수 있는 법이다. 나는 한 달에 10권 이상 양질의 책을 구매할 것이다. 각 출판사에서 소개하고 있는 신간을 눈여겨볼 것이며, 주변의 시립 도서관과 구립도서관을 이용하는 데 익숙토록 관심을 둘 것이다. 늘어나는 주름살조차 곱고 아름다울 수 있도록 스스로를 연마할 것이다.

(본 원고는《버킷리스트20》에 실렸던 글임을 밝힙니다.)

4장
/
불행을 행복으로 바꾸는
7가지 기술

01 :

작지만 구체적인
목표부터 세워라

목표가 없는 사람은 목표가 있는 사람을 위해
평생 일해야 하는 종신형에 처해져 있다.
브라이언 트레이시

상상을 현실로 이루기까지

가끔 친구들에게 우리 집이 가난해서 독학을 했다고 하면 일부
친구들은 팔짝 뛴다. "너네 그렇게 가난하지 않았어. 너네는 우리보
다 부자였다고."라며 당시의 생활상을 되짚어 준다. 사실 내가 중학
교 입학할 시기에 진학 대신 경제활동에 나섰던 이유는 우리 집이
가난해서만은 아니다.

우리 부모님은 건강하셨고 농사지을 땅도 있었으며, 경운기와
탈곡기도 갖춰져 있었다. 동네 사람들은 우리 집 농기구를 사용하
길 원했다. 추수 때가 되면 아버지는 추수기간 동안 일꾼들을 고용
해 마을 농사 타작을 책임지기도 했다. 그렇게 해서 얻어진 곡식은

마루와 뜰팡 가득 쌓이기도 했다. 그럼에도 불구하고 우리의 농가 부채는 줄어들지 않았고 항상 쪼들리기는 마찬가지였다.

어쨌든 나는 초등학교 5학년 때 이미 나의 앞길을 상상해 놓았었다. 당시 자수성가한 인물을 선정해 인터뷰하는 TV 프로그램이 있었다. 그것을 보면서 나도 스스로 벌어서 목표한 꿈을 이루겠다고 다짐했었다. 나름 중학교와 고등학교, 대학교까지 마치고 결혼하기까지는 서른두 살 정도가 될 것이라는 계산이 나왔다.

나는 우리 집에 놀러온 동네 언니들 앞에서 초등학교 졸업 즉시 돈 벌러 서울로 가겠다고 선언했다. 그리고 스스로 번 돈으로 학교에 진학하겠다고 했다. 그리고 나만 사랑하고 아껴 줄 사람과 연애결혼을 하겠다고 했다. 어린 것이 연애결혼이라는 발언까지 하니 동네 언니들은 배꼽을 틀어쥐고 웃었다.

예언은 적중했다. 나는 서른한 살과 서른두 살의 경계에 결혼했다. 남편은 내가 원했던 시청 공무원 출신이었다. 배우자감으로 공무원을 생각했던 것은 안정된 직장을 원했기 때문이다. 그리고 공무원이라면 전혀 머릿속이 비어 있지는 않을 것이라는 생각 때문이다. 또한 꽃미남이 아니길 바라던 마음까지 들어맞았는데, 이는 실속 있는 배우자상을 바랐기 때문이다. 결혼만큼은 종말이 온다 해도 해 보고 싶었다. 따스하고 행복한 기분을 상상했기 때문이다.

나의 상상을 현실로 이루기까지는 외롭고 고단한 과정을 거쳤다. 그러나 뭐가 외롭고 고단했는지는 솔직히 생각나지는 않는다.

그냥 뭔가를 향해 열심히 달려온 것밖에는. 분명한 것은 그때도 견딜 만한 힘이 있었고 보람과 행복이 있었다는 사실이다. 그리고 당시 원하고 바라던 삶을 지금 이렇게 누리며 살고 있다는 것이다.

공부는 끊임없이 해야 한다

그러면 어떻게 스스로 예언한 삶을 살 수 있었을까? 그것은 작지만 구체적인 목표를 세웠기 때문이다. 나의 연도별, 단계별 구체적인 그림은 우선 학업이었다. 중학교와 고등학교 과정은 돈을 벌면서 검정고시로 해결하기로 했다. 그러나 입시를 치러야 하는 대학교 과정을 생각하니 영어와 수학에 자신 없었던 현실적인 문제로 앞길이 암담하게 느껴졌다.

그런데 어느 날 청소년 수련회에 갔다가 마음에 와 닿는 감동 메시지를 들었다. 그것은 "앞길이 막혀 있으면 뚫어라. 뚫을 수 없으면 뛰어넘어라. 뛰어넘을 수 없으면 돌아서 가라."라는 것이었다. 아마도 물로 비유되었던 성령의 힘을 강조했던 것으로 생각된다.

내가 다닌 대학교는 사람들이 인정해 주지 않는 사단법인이었다. 처음에는 떠오르는 별로 인정받으며 승격될 것을 기대하고 있었다. 그러나 학교 이사장과 또 다른 권력들 간에 치열한 법정 다툼을 벌이면서 학생들의 진로는 어두워져갔다. 동기들은 방황하며 다른 대학교로 편입해 갔지만, 나는 이곳이 나를 위해 세워진 것이라 생각했다. 그리고 이것을 통해 무수히 많은 긍정적인 체험을 했다. 대학교의 입지는 초라했지만 교수진들은 훌륭했다. 4년 동안 학문뿐만 아니라 선후배들과 조를 이뤄 농촌활동은 물론 해외활동까지 에너지 넘치는 젊음을 만끽했다.

그리고 여기서 부족한 제도적 환경을 넘어서기 위해 온라인을 통한 커리큘럼을 소화했다. 이것을 통해 최종 목표였던 연세대학교 교육대학원에서 수준 높은 학문을 접할 수 있었다. 처음에는 보잘 것없는 나의 학력을 포장해 줄 겉치레로 생각했다. 그러나 이곳을 통해 편협한 안목을 벗어나는 성과를 얻어내었다. 세상을 바라보는 눈이 달라진 것이다. 사람을 이해하는 마음이 깊어지다 보니 스스로는 물론 타인에게까지 좋은 영향력을 미치고 있다.

모든 갈등의 원인은 무지와 오해에서 비롯되지 않던가. 편협한

안목을 벗어났다는 것은 엄청난 성과다. 피차에게 행복을 주기 때문이다. 서로를 불행하게 하는 무지에서 벗어나기 위해 모두가 함께 해야 할 학문이라고 생각한다.

인간다운 삶과 성공을 위해서는 반드시 끊임없는 공부를 해야 한다. 공부는 기능적인 것도 중요하지만 이것을 다스릴 만한 인문학적 소양이 무엇보다 필요하다고 생각한다. 학문이나 공부는 제도적으로 관리되고 있는 학교에서만 하는 것이 아니다. 건전한 종교 활동을 통해서도 가능하지만 관련서적을 통해서도 가능하다. 진리와 지식이 담긴 인문서적은 자신의 내면을 들여다볼 수 있는 훌륭한 거울이 되기 때문이다.

그리고 와 닿는 메시지에 대해서는 그대로 실천해 보길 권면한다. 최근 급격한 부와 성장을 이룬 모기업의 대표가 자신의 생각을 바꿔 준 많은 책들을 보물 숨기듯 소중히 간직하는 것을 보았다. 그가 소중히 간직하고 있는 책은 성경 말씀을 알기 쉽게 풀어쓴 책이었다. 그러나 이분이 이 책을 읽고 인생의 대전환을 이루게 된 배경에는 들을 귀가 있고 깨닫는 마음이 있었기에 가능하다고 생각한다. 아무리 좋은 말씀을 주어도 소귀에 경 읽기가 되는 일반적인 사례가 많기 때문이다.

시련과 성장은 함께 온다

다양한 삶의 경험과 지식이 곧 오늘을 사는 지혜가 되고 있다. 현재 경영하고 있는 사업장도 그동안의 삶의 경험을 바탕으로 설립되었다. 남편의 직업이던 아파트관리사무소의 모든 실무내용을 하나의 아이템으로 체계화해 성공적으로 운영하고 있는 것이다.

내가 이곳까지 올 수 있었던 배경에는 보이지 않는 도움의 손길이 사명감을 갖고 움직였다고 생각된다. 그것은 그때그때 필요한 멘토를 만나게 해 길을 제시하고 성공의 길로 이끌어 주었다. 이는 이성과 감성의 힘이 일치될 때 이루어진다. 무엇이든 내가 원해야 한다는 것이다. 그리고 찾으면 길이 열린다.

나는 어릴 적부터 다니던 교회나 어떤 강연회에 참석할 때면 언제나 맨 앞자리에서 바른 자세로 경청하는 훈련을 가졌다. 미리 앞자리에 앉아서 말씀을 들을 준비를 단단히 하고 있었던 것이다. 그러면 강사가 어떤 메시지를 전하더라도 나의 머릿속에서는 긍정의 해석으로 마음 밭에서 요동을 치며 싹을 틔우곤 했다.

어떤 때는 믿어지지 않는 말씀에 대해 일단 실천해 보자는 생각을 갖게 되었다. 전혀 이해될 수 없는 보이지 않는 실체의 세계, 이를테면 하나님이 살아 계시다는 것과 예수님이 죽은 자 가운데서 살아나셨다는 것, 지금도 우리 안에 역사하고 계신다는 것 등이다. 이것을 적용해 삶 가운데 실천했을 때 놀라운 역사를 이루었다.

지금까지 나의 인생변화 주기는 7년 차로 반복 성장하고 있다. 이를테면 시험이 있으면 성장이 있고, 성장 후에는 또 다른 성장을 위한 시험과 시련이 반복되는 것이다. 이러한 과정은 누구에게나 적용된다. 그 과정을 귀찮고 괴로운 것으로 생각한다면 도태되고 말 것이다.

02 :
삶에서 가장 소중한 것을
지금 하라

해야 할 일을 찾았다면,
전력을 다해서 그 일에 집중하라.
예수

철이 들 수밖에 없던 환경

삶에서 소중한 것이 무엇일까? 쉬운 것 같은데 한참을 고민했다. 우선 나 자신을 중심에 두고 시절을 거슬러 어린 시절로 돌아가 보았다. 호기심 가득한 어린아이는 자신을 돌봐주셨던 할머니와 부모님을 가장 소중하게 생각했던 것 같다. 그렇기 때문에 어떻게 하면 이분들을 행복하게 해 드릴까 나름 고민했다.

할머니는 내가 어릴 때부터 어른들만 보면 그 자리에서 바로 큰절을 올렸다고 말씀해 주셨다. 왜 그랬는지는 모르지만 누워 계신 할머니를 향해 무한정 큰절을 올렸던 것을 지금도 기억하고 있다.

10대 시절에는 고생하는 부모님에 대한 연민이 많았다. 고생하시는 어머니를 위해 새벽에 물을 길어 온다든지 보리쌀을 씻어 두는 일을 잘했다. 양식이 모자라던 시절, 우리는 보리쌀을 주로 식량으로 사용했다. 전날 저녁에 미리 물에 담가 불려 놓으면 별도로 삶지 않고도 아침밥을 지을 수 있었다. 나는 어머니가 잠에서 깨기 전 새벽에 일어나 몰래 어머니가 담가놓으신 보리쌀을 우물에 가지고 가서 깨끗하게 씻었다. 무릎 사이에 그릇을 끼워 놓고 꿇은 자세로 손으로 퍽퍽 문질러 씻어다 놓으면 어머니는 감동을 하시곤 했다.

나는 4녀 1남 중 둘째다. 위로 언니가 있으며, 밑으로 두 명의 여동생과 남동생이 하나 있다. 할머니는 밭일을 가실 때면 꼭 나를 데리고 가셨다. 길을 가다 사람들이 물으면 "둘째 손녀가 말벗이 되어 좋고, 착하고 말을 잘 들어서 데리고 나왔다"고 하셨다. 그때마다 뿌듯했지만 실은 할머니가 불쌍해서 나선 것이다. 그리고 내가 말을 잘 들어야 우리 집이 편안할 것 같아서였다. 일찌감치 철이 든 탓에 어른들의 속내를 빠르게 이해하고 행동했던 것이다.

그리스도를 널리 전하겠다는 사명감

초등학교 4학년 때 우리 동네에 교회가 들어섰다. 예배당이 들어서기 전에는 우리 학교 1학년 교실에서 예배를 드렸었다. 교장 선생님이 독실한 기독교 신자여서 허락된 것이다. 당시 저녁이면 종교 영화도 가끔 상영되어서 동네 아이들끼리 모여 관람했다. 하지

만 정식 기독교 신자가 되기까지는 시간이 걸렸다. 누군가 바짝 끌어 주는 사람이 없다 보니 쑥스러워서 갈 수가 없었던 것이다.

그런데 어느 날 "너도 갈래?"라는 친구의 가벼운 한마디에 막냇동생을 업고 신축 중인 예배당에 갔다. 아직 지붕이 없었던 교회 건물은 동네 아이들의 신나는 노래로 활력이 가득했다. 말씀을 듣고 돌아온 그날부터 나는 온통 누군가의 불꽃같은 눈을 의식했다. 평소 같으면 냄새 나는 시골 화장실이 싫어 두엄자리에 볼일을 보곤 했었다. 그러나 교회를 다녀온 이후로는 일부러 정해진 장소에서 일을 보게 되었다. 보이지는 않지만 살아계신 하나님이 나의 부끄러운 행동을 지켜보실 거라는 생각 때문이다.

예수천국, 불신지옥. 당시 토속신앙을 의지하던 우리 마을은 새로운 종교에 대한 돌풍이 일어났다. 그리고 집집마다 마찰도 많았다. 신종교와 토속종교 간 마찰이었다. 하지만 나는 동네에서 유일하게 새벽예배를 드리는 신실한 주일학생이었다. 나는 매일 새벽 교회에 가기 전에 집 주변을 일곱 바퀴씩 돌았다. 그리고 불쌍한 우리 가족들 구원받게 해 달라고 기도했다. 이는 여호수아가 여리고 성을 무너뜨리기 위한 군사작전을 모방한 기도였다. 덕분에 완고하시던 우리 할머니가 기독교인이 되셨다. 할머니는 돌아가시기 전까지 신앙생활을 잘하시다가 교회 장으로 장례를 치렀다.

나는 청소년 시절 그리스도를 전하는 복음사역에 사명감을 갖고 있었다. 당시에는 그보다 더 소중하고 가치 있는 일은 없다고 생각했다. 한 영혼이 천하보다 귀하다는 생각, 예수를 믿어야만 천국에 간다는 강박관념이 있었던 것이다. 그래서 틈만 나면 그리스도를 전했다. 때로는 청년들과 함께 남의 집 대문 앞에서 통성기도를 하는 바람에 주인이 놀라 쫓아 나오기도 했다. 그러면 그분을 붙들고 죄와 죽음, 부활과 생명에 대한 말씀을 기탄없이 전했다. 사람들은 놀랐다. 내가 전하는 말씀, 복음 자체가 생명력이 있었기에 무식한 입으로 전하는데도 똑똑한 사람으로 느껴졌기 때문이다.

어쨌든 나는 그리스도를 전하는 사명감으로 뜨거웠다. 혼자서 말씀을 읽을 때면 스스로 감동해 뜨거운 눈물이 배꼽까지 타고 흘렀다. 설교 중에도 나는 맨 앞자리에서 자세 하나 흐트러지지 않고 말씀을 받아먹었다. 그리고 세상이 두렵지가 않았다. 그러나 주기철 목사의 역사적 순교 이야기는 무척 겁나고 무서웠다. 그러면서도 나 역시 그런 상황에 맞닥뜨리게 된다면 고통 없는 은혜를 바라며 기꺼이 목숨을 내놓으리라고 다짐했다.

시대가 변하고 사상과 이념에도 변화가 왔다. 교회가 하나의 기업처럼 운영되고, 일부 목회자들의 부도덕성이 전파를 타면서 복음에 대한 일반인들의 반응은 비웃음과 조롱거리가 되었다. 더군다나 나만의 틀에 박힌 신념체계가 절대적일 수 없다는 사실도 깨달았다. 근시안적 안목, 편협한 사고, 진리를 진리로 보지 못하는 인간의 시행착오와 오류를 훌륭한 선생들을 통해 알아가고 있는 것이다.

먼저 나를 알고 이해해야 한다

가끔은 '어떻게 살아야 잘 살았다 할 수 있을까' 고민할 때가 있다. 해답을 몰라서가 아니다. 가진 재물로 치자면 지난 시절과는 비교할 수 없는 여유를 누리고 있지만 내면의 한 구석에 언제나 허전함이 자리하고 있다. 내 속에 존재하는 또 다른 내가 스스로를 괴롭히고 있다. 손해 보는 것이 싫고, 가진 것 위에 더 채우려는 욕심이 있으며, 너그럽지 못한 옹졸함이 영혼 전체를 괴롭히는 것이다.

열정의 시기를 넘어선 중년의 관심은 '어떻게 살 것인가'이다. 살아온 날을 거꾸로 세어 보며 삶의 의미와 가치를 생각하는 것이다.

러시아의 작가 톨스토이는 삶에 대한 답을 성장으로 완성시켰다. 성장은 목표가 아니라 과정이다. 나로 시작해 나를 알고 이해하고 관계를 맺으며 최선의 나로 발전해 나아가는 것이다.

한국인 최초로 우주여행을 다녀온 이소연 씨는 "지구의 궤도를 벗어나면서 내려다본 지구의 풍경은 너무도 평온하고 아름다웠노라"며 우리가 살고 있는 지구에 경이로움을 표현했다. 비록 우리의 현실은 온갖 갈등과 욕망으로 아옹다옹 시름에 겹지만 지구를 벗어나 또 다른 우주에서 내려다본 인간세계는 말로 표현할 수 없는 아름다움 그 자체였다는 것이다. 나는 주변 사람들과의 관계에서 마음이 어두워질 때마다 그녀가 체험했던 우주의 신비를 상상해 보곤 한다. 텅 빈 우주공간에 보석처럼 빛나는 별, 걱정도 근심도 없는 오직 평온하고 아름다웠던 그 느낌을 마음에 떠올리며 내가 지구를 떠나는 것처럼 마음을 비우는 것이다.

신기하게도 이러한 마음 비우기 연습은 쌓인 근심을 잠재우는 커다란 효과를 발휘한다. 대상이 누구든 괴롭던 이미지를 떠올리고 보면 그 행위가 괘씸했을망정 오히려 불쌍하게 느껴지는 것은 미움이 사랑으로 바뀌기 때문이다.

잘 살기를 희망하고 있다. 잘 산다는 것은 많은 재물을 소유하는 것이 아니라 소유한 재물을 잘 사용하는 것이며, 내면에서 만족할 만한 아름다운 인간 모습 아니겠는가. 비우고 버림을 통해서만 얻을 수 있다는 진정한 해답을 알고 있음에도 실천하는 일에 어려움을 겪고 있다면 자아가 완전하게 깨어나지 못한 것은 아닐지 생각해 보자.

03 :

모두에게 좋은 사람이 되려고
애쓰지 마라

모욕적이고 치욕적인 상처를 받은 경험

3일 밤낮을 소리 없이 운 적이 있다. 교육원 설립 초기, 사이버 악성 댓글을 경험하고 나서다. 걷잡을 수 없이 쏘아대던 익명의 사람은 다름 아닌 우리 교육원 수료생이었다. 그녀는 회식 장소에서의 나의 발언을 문제 삼고 있었다. 그것은 내가 취업을 도와준 타 동기생의 현장사례였다. 윗사람과의 갈등을 타산지석으로 삼으라는 의미에서 함께 공유했던 내용이다. 당사자는 말이 없는데 어째서 그녀가 사명감을 갖고 덤벼드는지 이해가 안 갈 정도였다. 평소 가족처럼 품어 주던 나의 사람들 중 한 명이라는 차원에서 충격이 더했다.

당시 사람들이 모르는 사실이 하나 있었다. 교육원의 대표가 바로 나라는 것이다. 남편이 대외적인 활동을 했다면, 나는 접수받고 상담하며 화장실 청소도 하고 쓰레기도 치우며 잡다한 일을 했기 때문이다. 그녀가 왕왕대며 쪼아대는 동안 나는 일부러 "그러지 마라. 당신 땜에 내가 쫓겨나게 생겼다"며 엄살도 함께 부렸다.

그래서 그랬던 걸까? 그녀는 꼬투리를 잡기로 작정한 사람처럼 더욱 드세게 달려들었다. 수많은 사람들이 재미난 싸움 구경하듯 숨죽여 지켜보고 있다는 사실을 실시간으로 올라가는 조회 수를 통해 확인했다. 나는 모욕적이고 치욕적인 상처를 받고 밤잠을 이루지 못했다. 길을 걷다가도 그냥 눈물이 나왔다. 가슴과 얼굴 근육에 통증이 느껴졌고, 대롱대롱 세포마다 이슬이 맺히는 걸 느꼈다.

얼마 후 마음을 추스르고 스스로를 돌아보며 객관적 분석을 시도했다. 그녀와 대화를 해야겠다는 생각을 했다. 익명이 아닌 얼굴을 마주하면서 허심탄회한 이야기를 하고 싶었다. 그녀는 익명으로 글을 올렸지만 나는 그녀의 얼굴을 떠올리고 있었다. 글의 분위기와 색깔을 통해 얼굴을 마주보는 것처럼 고스란히 그녀를 떠올렸던 것이다.

그러나 그녀는 자신이 누군지 아무도 모를 것이라고 생각했나 보다. 그녀는 내가 전화를 하자 깜짝 놀라는 눈치였다. 그리고 잠시 침묵을 지키더니 바로 목소리를 바꾸었다. 할머니 목소리로. 너무나 유치한 변신이었다. 나는 평소처럼 반가운 목소리로 이름을 부르는데 그녀는 당사자가 아니라고 했다. 자신은 ○○의 엄마인데 ○○는 현재 외출 중이라고 했다. 완전 코미디 같았다. 분명히 그녀가 맞는데도 아니라고 잡아떼는 그 모습에 허탈하게 웃고 말았다.

내가 먼저 누군가에게 필요한 사람이 되자

불필요한 감성으로부터 벗어날 필요가 있다. 가까운 사람들의 안타까운 사연을 마치 내가 해결하지 않으면 안 될 것처럼 신경을 쓰기 때문이다. 그러다 보니 본의 아니게 스트레스를 받으며 유무형의 손해를 감내하고 있다. 모두에게 좋은 사람이 되려고 애쓸 필요는 없다.

지혜로운 사람은 쥐약 같은 사람을 멀리한다고 한다. 좋아하고 신뢰할 수 있는 사람들만 상대한다는 것이다. 그럼 나와 잘 맞는 사람은 어떤 사람일까? 그것은 파동으로 가려낼 수 있다고 한다. 사람마다 각기 다른 파동을 지니고 있는데 진심으로 끌리는 사람은 자신과 파동이 잘 맞는 사람이라고 한다. 《배움을 돈으로 바꾸는 기술》을 저술한 이노우에 히로유키는 기분이 내키지 않는 사람에게는 중립적으로 대하라고 한다. 그리고 가능한 한 운이 좋은 사람과 함께하라고 말한다. 운이 좋은 사람과 함께 있는 것만으로도 운이 좋아진다는 것이다.

매년 주택관리사(보) 신규 합격자가 배출될 때마다 우리는 무료 취업특강을 한다. 아무것도 모르는 사람들에게 업계 현실을 직시하게 하기 위한 수단이다. 그렇게 해서 정규과정을 듣게 하고 현장에 취업해 새로운 인생을 살게 하는 것이다.

그러나 한책협을 알고 많은 책을 읽으면서 느낀 점은 공짜가 없다는 것이다. 무엇이든 나의 가치는 상품으로 팔아야 좋다는 것이다. 공짜가 좋은 것 같지만 받는 사람 입장에서는 가치가 떨어지고 주는 사람은 공연한 에너지가 소비되는 것이다.

그동안 우리는 얼마나 많은 지식과 재능을 '무료' 타이틀로 공유했던가. 그것도 일생을 좌우할 진로를 뚫어 주면서 말이다. 현실의 벽에 부딪힌 사람들을 위해 밤이 깊어가는 줄 모르고 들어주었다. 그리고 조언하며 일의 해결을 도왔다. 자금이 모아지면 업계의 필요를 찾아 지원하며 후진들을 위한 바닥을 다지기도 했다. 그러나 주는 것이 있으면 반드시 들어오는 것도 있다. 이것이 바로 기브 앤드 테이크다. 서로의 귀중한 에너지는 누릴 만한 가치를 지닌 사람에게 전해져야 한다.

대부분의 사람들은 주택관리자격증을 취득하면 저절로 관리소장이 되는 줄 알고 있다. 그러나 관련 종사자들의 추천이나 실력이 없으면 되기 어려운 것이 현실이다. 아무 정보 없이 무턱대고 이력서를 넣고 다니다 결국 포기하는 일이 다반사다.

주택관리사로서의 관리소장은 축소된 작은 국가의 총 책임자를 의미한다. 행정력도 필요하고 정치력도 필요하며 언변도 필요하다. 한마디로 팔방미인을 요구하는 것이다. 이를 위해 존재하는 것이 한국공동주택관리실무교육원, 바로 한국아파트경리학원인 것이다. 여기서 아파트회계실무와 아파트관리 실무에 관한 총제적인 교육이 이루어진다. 그리고 직간접 취업의 길을 열어 준다.

그동안 우리는 찾아오는 많은 사람들에게 인맥의 중요성을 강조해 왔다. 평소 알고 지내던 선배를 찾아다니고 각종 관련 모임에 참석해 나의 존재를 알리라고 했었다. 그러나 중요한 것은 쉽게 등 돌리고 마는 철새가 되어서는 안 된다는 것이다.

부와 성공에 관련된 저서들은 한결같이 인간관계의 중요성을 제시하고 있다. 어중이떠중이가 아닌 꼭 필요한 만남을 강조하는 것이다. 필요한 만남을 위해서는 내가 먼저 누군가의 필요한 사람이 되어야 하지 않을까?

나의 아버지는 천하장사처럼 힘도 좋으셨지만 선하고 착하셨다. 너무 착하신 덕에 손해를 많이 보고 다니셨다. 어머니는 늘 걱정이셨고 우리는 그러한 아버지에게 답답함을 느꼈었다. 그런데, 그렇게 답답한 아버지를 가장 많이 닮은 사람이 바로 나 자신이 아닌가 싶다. 어디 가서 아쉬운 소리는 못하면서 퍼 주는 것을 좋아하기 때문이다. 이것은 천성적으로 타고난 성품일 수 있겠다. 아니면 모두에게 좋은 사람이 되어야 한다는 강박관념일 수도 있다는 생각이다.

어릴 적 학교 도서관에서 빌려다 읽은 동화책 내용은 모두 착한 사람은 복을 받고 나쁜 사람은 벌을 받는 것이었다. 손해를 보더라도 남을 위한 일이라면 이것은 올바른 정신이며 하늘의 뜻이라고 생각했었다. 그러나 세계를 이끌어가는 상류사회 사람들은 그것을 착각이라고 말한다. 그리고 부자가 되기 위해서는 욕망을 가지라고 말한다. 나의 지식과 재능을 함부로 주지 말 것을 경고한다. 반드시 응당한 대가를 받고 공유하라는 것이다. 값을 치르지 않은 지식은 그만큼 무가치하게 흘려버리기 때문이다.

사랑을 갈구하기보다
사랑받을 만한 사람이 되라

사랑한다는 것은 관심을 갖는 것이며, 존중하는 것이다. 사랑한다는 것은
책임감을 느끼는 것이며 이해하는 것이고, 사랑한다는 것은 주는 것이다.
에리히 프롬

사랑받는 일이야말로 가장 행복하고 즐거운 일

남녀를 막론하고 사랑받는 친구가 있었다. 그녀는 예쁘기도 했
지만 공부도 잘했다. 게다가 바람에 쓰러질 듯 여리고 약해 사람들
의 보호본능을 자극했다. 같은 여자지만 나는 그녀를 보면 엄마의
마음이 되어 업어서라도 그녀를 데려다주고 싶었다.

하지만 그녀는 고등학생이 되면서 엇나가기 시작했다. 때에 맞
는 자기의 자리를 지키기보다는 부모를 거역하면서 스스로를 함부
로 대한 것이다. 수년 만에 만난 그녀의 삶은 공주처럼 보호받는
삶이 아니었다. 다른 사람이라면 몰라도 그녀의 매끄럽지 못한 삶
은 안타까움을 느끼게 했다. 사랑받는 모습으로 태어났지만 자기관

리 단계에서 스스로를 보호하지 못했다는 생각이다.

사랑을 받으려고 하는 것은 구걸에 가깝다. 그러나 사랑을 받는 사람이 된다는 것은 능동적 자기관리에 달려 있다고 생각한다. 그렇다면 사랑받는 사람은 어떤 사람일까? 이것은 주일학생 때부터 가장 관심 있던 바였다. 사랑받는 일이야말로 가장 행복하고 즐거운 일로 생각되었기 때문이다. 그래서 다윗 같은 믿음과 솔로몬 같은 지혜를 사모했었다. 하나님과 사람 앞에 사랑받고 칭찬받는 사람이길 소원했던 것이다.

결혼 초 남편과 다투었던 이유는 다름 아니다. 나는 뭐든 스스로 하고 싶은데, 보호해 준다는 명분으로 아무것도 못하는 사람처럼 취급했기 때문이다. 타의에 의해 시키는 일만 해야 할 것 같았다. 30년을 독립적으로 살아온 사람인데, 이렇게 구속을 시키니 반발하지 않을 수 없었다.

나는 남편에게 "나는 나예요."라고 강조했다. 나는 나다. 다른 사람이 될 수 없는 '나'다. 혼자서 동사무소의 민원도 신청할 수 있고, 집안의 필요한 살림도 장만해 나의 필요대로 사는 것이 맞다. 그런데 이것이 어찌 부부 일심동체여야 하는지? 서로의 성격을 맞추는 과정에서 일어났던 갈등 요소다.

그런데 이러한 사연은 한 개인에게만 국한된 것이 아니다. 부모가 자식을, 아내가 남편을, 남편이 아내를, 사랑이라는 이름으로 옭

아매는 경우를 종종 발견하게 된다.

어느 날 지인의 아내가 내게 하소연을 해 왔다. 자신의 남편이 동창 모임에 나가는 것이 너무 싫다는 것이다. 그래서 이것 때문에 많이 다툰다고 했다. 오로지 자신만 바라보고 자신이 해 주는 밥을 먹으면서 자신의 울타리 안에서 단란한 가정을 이끌었으면 좋겠다는 것이다. 아! 얼마나 숨 막히는 일인가. 이것은 서로에게 족쇄를 채우는 것이라고 생각한다.

얼마 전 텔레비전에 세계적인 부동산 재벌과 결혼했지만 3년 만에 이혼한 미스코리아의 사연이 소개되었다. 그녀는 부자와 결혼했지만 전혀 행복하지 않았다고 고백했다. 그녀는 자신의 발전을 위해 뭔가를 배우고 싶고, 활동하고 싶었다고 했다. 돈은 넘치도록 많았지만 자유가 없었고 가까운 길도 비서가 따라다녔다고 했다. 그녀는 오로지 예쁘게 꾸미고 남편바라기를 하고 있어야 했다는 것이다. 그녀의 표현을 빌리자면 결혼생활은 '감옥'이었다. 그녀는 '자유'를 원한 것이다. 사랑이라는 이유로 자유가 침탈당해서는 안 된다.

사랑을 받아 본 사람만이 다른 사람도 진정 사랑할 수 있다고 생각한다. 그러면 어떻게 해야 사랑받는 사람이 될 수 있을까?

사랑을 심어야 사랑이 자란다

우리 고향에는 안하무인격인 남자가 살고 있었다. 결혼해 아들이 한 명 있었지만 이혼했다. 폭력을 참다못한 아내가 이혼하고 나간 것이다. 그 집에서는 한밤중에 비명소리가 자주 들렸다. 남자는 어린 아들도 매섭게 때렸다. 아이는 아버지를 피해 집 밖으로 뛰쳐나오곤 했다.

동네 사람들은 그 남자를 패륜아라고 했다. 늙으신 어머니에게도 손찌검을 했기 때문이다. 그리고 누이동생을 부엌에 가두어놓고 흠씬 때리기도 했다. 그의 누이동생은 가끔 시퍼렇게 멍이 든 채 머리에 수건을 둘러쓰고 다녔다. 오빠에게 머리카락조차 가위질을 당했기 때문이었다.

지금은 사회가 발달해서 이웃사람이라도 발견 즉시 신고를 하게 되어 있다. 그러나 당시 동네 사람들은 물론, 피해 당사자들도 속수무책 당하고만 있었다. 어른들의 말씀을 들어 보니 그 남자 역시 성장과정에서 폭행을 당하며 살아왔다고 한다. 고인이 된 그의 아버지 역시 못된 성질을 지니고 있었던 것이다. 성장과정의 폭력이 대물림된 것이다.

옛 말씀에 "콩 심은 데 콩 나고 팥 심은 데 팥 난다."고 했다. 바꿔 말하면 "악을 심으면 악을 거두고, 선을 심으면 선을 거둔다."는 말씀과 어울린다. 다시 말하면 사랑을 심으면 사랑이 자란다는 말씀과도 통하는 것이다.

사랑받는 사람이 되기 위해서는 우선 스스로를 먼저 사랑해야 할 것이다. 내가 나를 사랑하지 않는데 어떻게 남이 나를 사랑해

주길 바라겠는가. 광야 같은 삶을 사는 나를 스스로가 위로해 줘야 할 것이다. 너 수고했구나. 너 대단하구나. 너 복된 사람이다. 지금의 시련은 앞날의 영광을 위한 밑거름일 뿐이라고.

가끔 마음이 외로워질 때가 있다. 생체리듬 때문일 수도 있지만 대체로 인간관계에서 오는 요인이 많다. 그럴 때마다 스스로 만들어낸 기분전환법을 사용한다. 착 가라앉은 마음에 깊은 생각에 잠기는 것이다. 그리고 가장 편안한 자세로 잠을 즐긴다. 이렇게 단잠을 자고 나면 현실은 바뀌지 않았어도 문제로 생각되던 것이 한 발 물러선 느낌이 든다. 그리고 객관적 관찰이 가능해진다.

성장하는 사람이 사랑받는다

아무리 좋은 결혼생활도 단계별 위기와 갈등은 있기 마련이다. 수십 년 동안 각기 다른 환경에서 살아왔는데 처음부터 척척 한 몸처럼 맞으면 오히려 이상한 일이다. 때로는 의도적으로 상대방을 괴롭히기도 한다. 그것은 서로에 대한 반항일 수도 있다. 주도권을 쟁취하기 위한 기싸움일 가능성이 높다. 사소한 다툼이라도 나의 존재감은 어필할 필요가 있다. 똑똑하고 지혜롭게. 때로는 상대를 긍정함으로써 져 주기도 하지만, 상황에 따른 논리적인 한마디로 조용히 기권시킬 수도 있다.

대체적으로 나는 싸움에 지는 편에 속한다. 논리에 강한 남편의 말에 먹혀들기 때문이다. 그런데 어느 순간부터 옳다고 생각되던 남편의 논리에 모순이 있다는 것을 발견했다. 그래서 요즘은 반박을 한다. 조용히 지나치듯 한마디로. 의기양양하던 그의 얼굴에 당황하는 기색이 비친다. 그러면 싸움도 재미가 있어진다.

가끔은 내 스스로에게 의도적인 대접을 해 준다. 우선 고급 레스토랑에 가서 몸에 좋은 음식을 먹고, 좋은 분위기를 찾아 차를 마신다. 그리고 약간의 사치를 통해 스스로를 위로해 준다. 그러다 보면 나의 외로움은 간데없고 오히려 나를 서운하게 했던 주변 사람이 생각난다. 그의 시름 찬 모습이 떠오르면서 미안한 마음이 드는 것이다. 그리고 용서할 마음도 생긴다. 먼저 손 내밀어 줄 용기도 생기는 것이다.

사랑받는 사람은 꾸준히 자기발전을 이루는 사람이다. 아무리 사랑하는 사이라도 성장을 멈춘다면 매력이 없다. 성장을 멈춘 채 사랑만 받으려고 하는 사람은 외로워진다. 그러나 스스로를 연마하며 꾸준한 자기관리를 멈추지 않는 사람은 누군가에게 기댈 생각도 하지 않게 된다. 오히려 사람들이 다가온다.

내가 가장 즐기는 시간은 만물이 잠든 새벽 첫 시간이다. 온 세상을 혼자만 공유하는 것 같아서 기분이 좋다. 지난밤 꾸었던 꿈도 분석해 보고 머릿속을 날아다니는 생각도 정리해 본다. 그리고 무한정 상상의 나래도 펼쳐 본다. 그렇게 사랑받는 사람으로서의 하루를 계획한다.

05 :
누군가를 사랑하기 전에
먼저 나부터 사랑하라

네 운명을
사랑하라.
프리드리히 니체

희생에는 슬픔만이 남는다

우리 동네에 흑백텔레비전이 처음 들어오던 날, 사람들은 신기한 텔레비전을 구경하기 위해 이집 저집 몰려다녔다. 아무래도 시골이다 보니 전기와 수도 등 모든 편의 시설이 도시보다 늦었다. 어느 날 우리 집과 가깝던 외갓집에도 부의 상징처럼 멋진 텔레비전이 설치되었다. 덕분에 우리는 저녁상을 물리기가 무섭게 매일 저녁 엄마의 손을 잡고 외갓집으로 갔다.

당시 방영되던 전쟁 드라마 〈전우〉는 감성과 애국심을 자극하기에 충분했다. 부대원들을 아끼고 사랑했던 소대장 나시찬은 우리의 영웅이었다. 극한의 상황에서 자신을 아끼고 전우를 살려내는

군인정신이 우리 마음에 진한 감동으로 와 닿았다. 또한 박치기왕 김일 선수의 프로레슬링 경기가 중계되는 날이면 동네 축제나 다름없었다. 다른 날은 아니더라도 이날은 아버지도 참석하셔서 통쾌한 박치기를 보며 희열을 느끼셨다.

나에게 꽃미남 알레르기가 생긴 것은 이때였다. 드라마 속 남자와 여자는 꿈꾸듯 설레는 사랑을 하고 있었다. 남자의 성공을 위해 여자는 온갖 고생을 다하며 뒷바라지를 했다. 남자는 성공해 번듯한 모습이 되었지만 여자는 초라한 행색을 하고 있었다. 성공한 남자가 결혼한 사람은 그동안 자신을 위해 희생해 준 여자가 아니었다. 세련되고 멋진 부잣집 여성이었다. 결국 한 남자의 성공이 오직 자신의 성공인양 온갖 희생을 감내한 여성은 낙동강 오리알이 되어 있었다. 자신은 간데없고 오직 누군가를 위해 헌신했던 여인. 그에 대한 어처구니없는 대가는 시청자로서의 나의 마음에 분노를 일으켰다.

그러나 엄밀히 따지고 보면 배신한 남자만 탓할 수는 없다. 상대방은 발전하는데 나는 성장을 멈추고 있다면 서로의 격에 맞지 않게 되기 때문이다.

누군가를 사랑하기 전에 우선 나부터 사랑해야겠다. 내가 나를 희생하면 저 사람이 나를 알아주겠지 하는 것은 착각이다. 물론 알아주기는 하겠지만 그 자체로 전부인 것이다. 이것은 연인이든 가족이든 친구이든 상관없이 모든 관계에서 내가 가장 중요하다는 것이다.

우리 옆집으로 이사 온 새댁이 있었다. 그녀는 약간의 지체장애가 있었다. 남자는 노동일을 했지만 수입을 가져다주지는 않았다. 그녀는 굶기를 밥 먹듯 하면서 쑥을 뜯어 연명하곤 했다. 그녀는 몇 번 임신을 한 적이 있는데 그때마다 남편의 손에 끌려가 중절수술을 받곤 했다. 여러 번의 중절수술은 그녀의 몸을 만신창이로 만들었다. 짐승 같았다. 그녀를 그렇게 만든 그녀의 남편이.

내가 서울에 올라올 당시 그녀는 나를 따라 오고 싶어 했다. 내가 다니는 시골 교회에 그녀도 출석하면서 가까워진 것이다. 서울까지 함께 동행만 해 주면 강북에 있는 동생 집을 찾아가겠다고 했다. 나는 그렇게 하기로 했다. 그녀를 데리고 서울에 올라와 그녀가 지목한 주소 근처의 전철역에서 헤어지기로 했다. 그녀에게 여기서부터 잘 찾아갈 수 있는지 재차 확인했다. 그때마다 그녀는 고개를 끄덕이며 잘 갈 수 있다고 했다. 그녀에게 인사를 하고 돌아설 때였다. 갑자기 그녀가 "우앙~!" 하고 큰 소리로 울기 시작했다. 마치 길 잃은 어린아이가 두려움에 떨며 우는 것 같았다. 그녀를 달래서 동생이 산다는 집 앞까지 데려다 주고서야 나의 임무는 마무리가 되었다.

가끔 내가 살던 고향 일을 생각하면 김유정의 《동백꽃》이나 《봄봄》 등의 소설이 생각난다. 이웃 주민들의 삶이 그렇고 그 모든 정황과 분위기가 그랬다. 터부시된 남녀관계도 그렇고 소작인과 서민들의 삶이 그랬다. 보호받지 못하는 인권은 암묵적 묵인하에 슬픔과 애환을 낳고 있었다. 세상은 힘에 의해 돌아간다. 힘은 권력이되고 권력은 지배를 이루고 있었다.

자생력을 키워야 한다

어머니는 가끔 남의 집 양잠 일을 다녀오셨다. 누에고치를 만들기 위해 새벽부터 저녁까지 뽕잎을 따셨다. 그런데 어느 날 어머니의 옷깃을 타고 누에 한 마리가 우리 집에 들어왔다. 꾸물꾸물 느리게 움직이는 누에를 지켜보며 나는 신기한 관찰의 시간을 가졌다. 누에는 바닥에 진액을 쏟아내는가 싶더니 뭔가를 자꾸 뽑아내고 있었다. 고치를 만들고 있었던 것이다. 하룻밤을 자고 나니 누에는 간곳없고 하얗고 두꺼운 옷을 입은 고치만 한 개 놓여 있었다.

그리고 며칠 후. 누에가 고치를 뚫고 나오려 하고 있었다. 굴레를 벗어나기 위한 노력이었다. 어린 마음에 왠지 고치 속의 번데기가 불쌍해 보였다. 힘이 없어 보였기 때문이다. 고치를 들고 부엌으로 가 어머니께 보여드렸다. 신기한 모습을 보여 드리기도 할 겸 누에의 부화를 도와주고 싶었기 때문이다. 혼자서 나오기 힘든 고치를 위해 내가 직접 누에고치를 가위로 살짝 열어 주면 어떻겠냐고여쭤 보았다. 어머니는 반대하셨다. 스스로 나오지 못하는 번데기는 결국 죽게 된다고 하셨다. 하지만 나는 참지 못하고 조금씩, 아주 조금씩 누에고치의 입구를 뚫어 주었다. 번데기는 세상에 나왔지만 결국 부화하지 못한 채 그 자리에서 죽어버리고 말았다. 자생력을 상실한 탓이다.

요즘 청소년들에게 장차 무엇이 되고 싶으냐고 물으면 그 대답이 가관이다. 자기는 재벌 2세가 되고 싶은데, 자기 아버지가 노력을 하지 않는다는 것이다. 이것은 하나의 유머처럼 유행어가 되었지만 세태를 반영한 것 같아서 아쉬운 마음이 남는다.

"부자가 삼대를 못 가고 빈자가 삼대를 안 간다."는 속담이 있다. 이것은 무엇을 의미하는가. 자생력이 없는 부자 아들이 아버지의 재산만 믿고 탕진하다가 결국 망한다는 소리다. 그래서 의식 있

는 부자들은 자녀교육에 매우 냉철한 것으로 알고 있다. 그리고 그와 관련한 확고한 경제관념과 철학으로 그들의 자녀를 훈련시킨다.

또한 빈자가 삼대를 안 간다는 소리는 무슨 의미인가? 아무리 가난하더라도 그 속에서 벗어나 성공하는 사람이 있다는 것이다. 누에고치의 번데기처럼 굴레를 벗어나기 위한 시련과 고통이 오히려 하늘을 날 수 있는 힘을 길러 주는 것이다. 그리고 이것을 이겨낸 후에 영광을 볼 수 있다는 것이다.

독수리는 새끼를 낳아 기를 때 높은 절벽 꼭대기에 둥지를 튼다고 한다. 그리고 어느 정도 날갯짓을 하게 되면 어미는 매정하게 자기의 새끼를 깊은 낭떠러지로 밀어낸다. 이때 새끼들은 살기 위한 몸부림을 친다. 죽기 살기로 어미가 있는 둥지를 향해 절벽을 오르는 것이다. 그렇게 죽을힘을 다해 살아남은 새끼만 후계자로 키운다.

이것은 인간에게 주어진 역경이나 시련과 많이 닮아 있다. 그러나 게임하듯 즐겼으면 좋겠다. 우리는 무한한 가능성의 에너지를 지니고 있기 때문이다. 내면에 잠재된 무한한 에너지는 믿음과 확신을 통해 세상 밖으로 표출된다. 나 자신을 사랑하는 것은 내 속에 존재하는 또 다른 나를 신뢰하는 것이다.

06 :
더 이상 타인을 의식하며
살지 마라

우리를 망치는 것은 다른 사람의 시선을 지나치게 의식하는 것이다.
만약 나 외에 모든 사람이 장님이라면 번쩍이는 기구는 필요가 없다.
벤저민 프랭클린

자기 자신을 우선순위에 두어라

본능적으로 입을 가리던 습관이 있었다. 돌출된 치아뿐만 아니라 입이 크다는 놀림을 받아왔기 때문이다. 이것은 성장기의 핸디캡이 되었고, 어디서든 남을 의식하는 원인이 되었다. 거울 앞에 서면 양손으로 입 꼬리를 줄여 보는 것이 일상이 되었다.

그러던 어느 날, 라디오 방송에서 핸디캡과 자신감에 대한 이야기가 나왔다. 핸디캡으로 느껴지는 그것을 오히려 자신감 있게 드러내라는 소리였다. 스스로가 문제의식을 갖고 있던 터라 마음에 확 와 닿았다. 그리고 실천하기로 다짐했다.

웃을 때마다 본능적으로 입을 가리던 손을 의식적으로 끌어당겨 보았다. 그리고 일부러 자신감 있게 활짝 웃었다. 속까지 훤히 들여다보이는 함박웃음. 처음에는 흉한 내 모습에 대해 사람들이 어찌 생각할까 신경이 쓰였다. 그러나 오히려 의외의 반응이 나왔다. 인상이 좋다든지, 당당해 보인다든지, 웃는 모습이 예뻐 보인다는 것 등이다. 더욱 중요한 것은 이렇게 환하게 웃음으로 해서 내 기분도 밝아지고 자신감도 얻었다는 사실이다.

최근 어느 직원으로부터 전화를 받았다. 다짜고짜 울기부터 하던 그녀는 자기가 무엇을 잘못했는지 말을 해 달라고 했다. 그리고 나의 한마디 한마디에 많은 상처와 스트레스를 받고 있다고 말했다. 처음에는 나도 당황해서 할 말을 잃었다. 일단 전화를 끊고 나의 행적을 돌아보았다.

그녀의 말이 전혀 근거 없지는 않았다. 언젠가 그녀는 자기가 일만 하다가 늙을 것 같다고 말했다. 그리고 장기간 여행을 하고 싶다고도 했다. 자유로운 휴식, 자유로운 인생을 말하는 것이다. 그에 대해 나는 뭐라 했던가? 당연히 공감했었다. 일을 아주 그만둘 것이 아니라면 그 밑으로 보조직원을 훈련시킬 것을 말했었다. 그리고 적절하게 여행도 즐기며 조금이라도 젊을 때 보람과 가치를 찾으라고 말했었다. 그리고 그와 관련해 적극적인 물적 지원도 실행했었다. 지금까지 10여 년을 넘게 근무하면서 좋은 성과를 이뤄낸 그녀였기 때문이다.

그러나 나의 추천으로 예비 지원자를 등록시키면서 마음의 부담과 오해를 샀을 가능성이 높아 보였다. 신규 지원자는 젊은데다가 그녀에게는 없던 필요한 스펙도 잘 갖추어져 있었다. 그에 대한 좋은 점이 강조되다 보니 자연스럽게 본인과 비교되지 않았나 생각된다.

또한 일괄적으로 지급되는 소정의 휴가비를 지원할 당시 그녀는 "이미 받은 것이 많아서 더 이상 받지 않아도 되는데."라는 문자를 보내왔다. 앞서 받은 선물에 대해 미안한 마음이 들어서였을 거다. 이에 대해 나도 고민했음을 짧게 말해 주었다. 그렇다고 뭐가 잘못인가? 문제는 스스로의 자격지심이라고 생각한다. 마음으로 저지른 미안한 자격지심.

지나치게 타인을 의식하며 살지 말라는 소리를 하고 싶다. 유난히 남의 눈치를 살피는 사람은 자신감의 결여로 연결된다. 당당하지 못하고 소극적인 성향으로 바뀌게 된다는 것이다. 자신의 행동에 대해 잘못된 것이 없다면 무조건 밀고 나가기를 권면한다. 자기 자신을 우선순위에 두고 떳떳하고 당당하라는 소리다.

사람들의 오해는 흔히 스스로의 자격지심에서 오는 경향이 많다. 상대방은 아무렇지도 않게 행동했음에도 받아들이는 입장에서 지레짐작으로 오해할 수 있다는 것이다. 그리고 이것은 불안과 불만을 만들어 서로를 파괴하는 요인이 되고 있다.

얼마 전 내가 운영하는 온라인 카페에 익명의 게시글이 올라왔다. 그것은 단체 활동에 대한 악성 비방 글이었다. 분석해 볼 때 본질적으로 나쁜 사람은 아닌 것 같았다. 다만, 인생 이모작을 준비하는 과정에서 외롭고 고달픈 현실과 싸우다 보니 스스로 낮아진 자존감이 원인이었던 것 같다. 이에 현실을 직시하고 공감하며 위로하다 보니 그는 더 이상 말이 없었다. 소외된 외로움이 주는 해프닝이다.

모든 일은 하늘에 맡기고

내가 약국 종업원 생활로 청소년기를 보내던 당시 근무조건은 열악했다. 지금처럼 노동법으로 소규모 사업장 근로자들까지도 보호받는 시절이 아니어서 1년 내내 쉬는 날이 없었다. 다만 주일예배를 드린다든지 집안에 무슨 일이 있다면 그때그때 시간은 허락이 되었다. 그러나 정해진 휴일이 없다 보니 마음 놓고 뭔가를 계획하기가 어려웠다.

매년 1월 1일은 새해를 계획하고 다짐하는 마음으로 3박 4일간 교회 청년들과 수련회를 떠났었다. 이를 두고 몇 날 며칠 고민을 했던 것은 하루도 쉴 수 없는 약국 생활 때문이었다. 물론 사전에 약사님께 상의를 드리고 허락을 받기로 했다면 별 문제 없었을 것이다. 그러나 용기도 나지 않았고 허락해 줄 것 같지 않다는 지레짐작이 있었다.

결국 쫓겨날 것을 각오하고 몰래 약국을 빠져나왔다. 그리고 회원들과 합류해 목적지에 도착했다. 짐을 풀고 각자 돌아가며 순서를 정해 인사하는 시간을 가졌다. 그때였다. 갑자기 수련회장 관리실로부터 나의 이름을 부르는 방송이 들려왔다. 약국에서 긴급을 요하며 나를 찾고 있는 전화가 온 것이다. 멀쩡하던 사람이 갑자기 없어졌으니 약국에서는 난리가 난 것이다. 그리고 수소문해 교회에서 알려 준 전화번호로 전화한 것이었다.

철렁했다. 당사자인 나만이 아니라 함께한 일행 모두 얼음이 되었다. 일단 나가서 전화를 받았다. 당장 돌아오라고 했다. 정말 두렵고 고민스러웠다. 이대로 중도하차할 것인가 말 것인가를 두고 일행과 고민하며 합심으로 기도했다. 그리고 모든 일을 하늘에 맡기기로 하고 정해진 3박 4일간의 금식수련회를 마쳤다.

수련회는 감동적으로 잘 마쳤지만 돌아가는 발걸음은 천근만근 무거웠다. 약사님의 호령이 무서웠기 때문이다.

이윽고 약국 앞에 도착했다. 조심스레 문을 열고 들어서는 순간, 의외로 약국 식구들 모두로부터 환호를 받았다. 꾸중을 들을 것을 각오했지만 약사 내외분의 눈빛에는 연민이 담겨 있었다. 오히려 사모님은 나를 데리고 안집으로 들어가더니 "현주가 금식을 했으니 죽을 끓이라"고 주방 아주머니에게 특별 지시를 했다. 꾸중은 커녕 환대를 받은 것이다.

어떻게 이런 일이 생긴 걸까? 아마도 죽으면 죽으리라 각오하던 왕후 에스더의 모습이 나에게 오버랩된 것은 아니었을까? 비약적이기는 하지만 3일을 금식하다 보니 초라한 몰골이 말이 아니었기 때문이다. 그런데도 아름답게 보인 것은 금식으로 비워진 내면과 외면의 청결함과 낮아짐으로 사람들에게 감동으로 와 닿았을 것이라는 생각이다.

"내가 기뻐하는 금식은 흉악의 결박을 풀어 주며 멍에의 줄을 끌러 주며 압제 당하는 자를 자유하게 하며 모든 멍에를 꺾는 것이 아니겠느냐"(이사야 58:6)

부정적 암시를
긍정적 암시로 바꿔라

인생은
위험의 연속이다.
다이앤 프롤로브

상황을 보지 말고 목표를 보라

나의 가장 행복한 시절을 꼽으라면 아이러니하게도 경제적으로 가장 힘들던 서울 유학 시절이다. 당시 7년 3개월의 약국 생활을 접고 만학을 위해 서울로 상경했었다. 그리고 최소한의 생활비만 남기고 밑바닥부터 새로 시작했다. 낮에는 학원에서 밤에는 야학에서 공부하고, 새벽에는 신문 배달을 한 것이다.

전날 저녁 미리 싸놓은 도시락을 들고 교통비를 아끼기 위해 두세 정거장을 걸어 다녔다. 새벽부터 밤늦게까지 일정이 빠듯했지만 돌아오는 발걸음은 뿌듯하고 즐거웠다. 미래를 향한 보람 있는 하루를 보냈다는 차원에서 충만한 기쁨이 있었던 것이다. 너무나 즐겁고 행복한 나머지 새벽길을 나설 때와 늦은 밤길, 사람이 보이지 않는 틈을 타 덩실덩실 껑충껑충 춤을 추고 다녔다. 그리고 보이지 않는 하나님께 감사의 기도를 드렸었다. "어찌 이렇게 저를 사랑하시는 겁니까? 너무나 행복해요."를 중얼거리면서.

간혹 정신을 차리고 현실을 바라보면 암담하기도 했다. 혼기가 꼭 찬 나이와 명석하지 않은 두뇌, 뛰어넘기 힘든 진학의 장벽은 문득문득 두려움을 가져다주었다. 그러나 부정한 생각을 했다는 것을 인식했을 때는 소스라치게 놀라곤 했다. 그리고 잘못되었음을 수정하고 긍정의 메시지를 외치며 감사의 노래를 불렀다. 소음 가득한 거리를 거닐면서 큰 소리로 내 속에 존재하는 또 다른 나와 대화를 하고 다닌 것이다.

나는 부정적 현실을 긍정적 암시로 축복하시던 멘토의 말씀에 순종했다. 상황을 보지 말고 목표만을 바라보라는 것이다. 그것은 진리였다. 결과적으로 원하는 목적은 반드시 이룰 수 있다는 사실을 경험적으로 입증했기 때문이다.

유혹과 욕망이라는 시험을 이겨 내라

약국 근무 시절이었다. 제약회사나 도매상에서 의약품이 새로 들어오면 그 단가를 상품에 기록해 두었다. 그러나 암호로 표시되었기 때문에 직원인 나도 알 수가 없었다. 이 암호는 영문 알파벳과 상형문자로 되어 있었다. 이것을 통해 매입 가격과 부가세 여부를 확인하고 있었다.

너무도 궁금했다. 어떻게 알파벳이 숫자로 사용되는지? 또한 이 것으로 어떻게 부가세 여부를 알 수 있는지? 가르쳐 주지도 않을뿐 더러 약사님만이 사용하는 차별화된 고유문자 같았다. 이것을 위해 몇 날 며칠을 마음속으로 기도하며 집중했다. 그러던 중 번개처럼 머리에 반짝이는 느낌을 받았다. 그리고 그 암호를 숫자로 풀이해 가격을 확인하게 되었다.

약사님은 놀라셨다. "지금까지 대졸자도 이것을 모르고 퇴사했는데 네가 어떻게 알았냐!"며 신기해했다. 그러나 나는 미소만 지었다. 마음속으로만 '하나님이 가르쳐주셨다'고 대답할 뿐이었다.

당시 조제약이 아닌 소화제나 두통약 정도는 내가 팔았다. 그런데 이상하게도 내가 앉아 있는 카운터 안쪽 약 박스 속에 1,000원짜리 지폐가 가끔 떨어져 있었다. 그때마다 잘못 흘렸겠거니 하면서 아무 생각 없이 돈통에 집어넣었다.

하루는 손님들이 들어서는 카운터 바깥 청소를 하다가 판매대 밑을 쓸던 중 찢어질 듯 낡은 지폐 한 장이 빗자루에 걸려나왔다. 순간 무슨 생각이 들었냐면 '내가 가져도 되지 않을까? 하나님, 제가 가져도 되지 않나요?'였다. 그러면서 동시에 '너 그깟 돈으로 네 양심 팔아먹을래?'라는 생각도 들었다. 순간 갈등이 해소되는 것을 느꼈다. 그리고 돈통 앞에서 돈을 세고 있는 약사님에게 주운 돈을 돌려드렸다.

이 밖에도 비슷한 유혹과 욕망은 수시로 마음의 갈등을 일으켰다. 그러나 그때마다 이길 수 있었던 것은 내면에 잠재한 하나님과의 대화였다. 덕분에 주변인들로부터 든든한 신뢰를 입을 수 있었다. 그리고 약사만의 고유권한인 금고 열쇠와 창고 열쇠, 통장 관리를 모두 맡는 계기가 되었다. 이제 와서 생각해 보니 내 앞에 나타난 수많은 유혹들은 의도적인 시험을 거친 것이 아니었나 싶다.

과거와 현재가 미래의 나를 말해 준다

서울에 올라오기 전, 약국 사모님을 따라 특별한 은사를 받은 분들을 만난 적이 있다. 그분들은 신기하게도 점쟁이처럼 사람의 몸에 손만 대고 기도해도 그 사람의 성격과 살아온 행적을 줄줄이 쏟아냈다. 너무도 정확한 예언과 살아온 사실에 대해 줄줄이 말하는 바람에 함께 있던 사람들은 눈물바다가 되었다고 한다.

하루는 약국에서 일을 하고 있는데 외출을 다녀오신 사모님이 갑자기 내게 옷을 사주겠다고 하셨다. 의아했다. 어리둥절하고 있는데 함께 다녀오신 이웃 권사님께서 상기된 얼굴로 나를 한쪽으로 부르셨다. 예언의 은사를 받은 분께 기도를 받고 오는 길이라고 하셨다. 그런데 거기서 나의 이야기가 나왔다는 것이다.

업무공간이라 더욱 자세한 이야기는 들을 수 없었다. 그러나 사모님이 돌아오시자마자 내게 옷을 사주시겠다는 것을 보니 뭔가 좋은 예언이 나왔음을 직감할 수 있었다. 덕분에 새로 나온 실크원단의 예쁜 투피스를 선물로 받았다.

신기했다. 일면식도 없는 나에 대해 줄줄이 예언을 하다니? 점괘로 치자면 아주 좋은 이미지로 나에 대한 예언을 한 것이다. 어쨌든 이런 일이 있고 얼마 안 되서 논산 시내의 큰 교회에서 열리는 부흥집회에 참석하게 되었다.

논산 시내에는 큰 교회가 세 개 정도 되었다. 하나는 약사님이 출석하는 감리교회, 다른 하나는 장로교회, 또 다른 하나는 성결교회였다. 나는 그곳 교인은 아니었지만 소문을 듣고 그날 집회가 열린 성결교회에 참석했다. 큰 교회다 보니 웅장하고 아름다운 오케스트라 전문연주단도 있었다. 실제로 들어보는 음악 연주가 그렇게 아름답고 감동스럽다는 것을 처음 알았다.

그날 집회의 강사님은 특별한 은사가 있는 분이라고 했다. 집회는 뜨거웠다. 집회를 마치고 그분에게 기도받는 시간이 있었다. 기도받길 원하는 수백 명의 사람들이 빼곡하게 줄을 지어 차례를 기다리고 있었다. 나도 그 행렬에 끼었다. 내심 두려웠다. 사람을 꿰뚫어보는 혜안이 있다고 들었기 때문이다. 혹시 기억나지 않는 나의 부끄러운 행위가 밝혀질까 봐 겁이 났다. 주기도문과 사도신경을 외우며 순서를 기다렸다.

이윽고 나의 순서가 되었다. 그런데 아무 기억이 나지 않는다. 강단에서 기도를 받던 내가 사람들이 지켜보는 가운데 기절을 한 것이다. 다만 내가 깨어났을 때는 강단 한쪽에서 누군가가 나를 안내해 주고 있었다. 무슨 예언의 기도를 했는지 알 수가 없었다.

서울로 올라오기 일주일 전, 약국에서 가까운 반월초등학교 맞은편의 세탁소엘 갔었다. 그곳 주인은 젊은 형제분이었는데 독실한 크리스천이었다. 그런데 그분이 그날 부흥집회에서의 이야기를 했다. 내 뒤에 서있던 사람이 바로 본인이었다는 것이다. 그러면서 그날의 특별한 정황과 분위기를 말해 주었다. 그리고 나의 서울 유학을 축복해 주었다.

가난한 농부의 가정에서 태어난 것과, 철들기도 전에 세상에 내팽개쳐진 느낌을 받았던 것과, 스스로 삶을 살아내야 할 독립체라는 사실을 인지한 것과, 성공을 결심하고 살아갈 날을 스스로 계획하며 오늘에 이르렀던 것까지. 어쩌면 지금까지의 나의 모든 행적은 준비된 과정이 아니었나 싶다.

5장

오늘도 나는 더
행복한 미래를 꿈꾼다

01 :

비바람을 견딘 씨앗만이
열매를 맺는다

믿음이 부족하기 때문에 도전하길 두려워하는 바,
나는 스스로를 믿는다.
무하마드 알리

절벽에 핀 꽃이 더 아름답다

남편은 어린 시절을 생각하면 우울하다고 한다. 관심받고 사랑
받을 나이에 배고픈 서러움을 당하며 고통스런 시절을 보냈기 때
문이다. 아홉 남매 중 여덟 번째로 태어난 그는 부모님이 빚잔치를
끝내고 서울로 올라가신 동안 고향에 홀로 남아 생존해야 했다.

결석이라는 것을 할 줄 모르는 소년이었지만 수업 중간에 조퇴
를 하는 일이 있었다. 배가 아프다는 이유였지만 실상은 너무나 굶
주렸기 때문이었다. 그의 얼굴에는 온통 버짐이 피어났고 피부는
항상 물러 있었다. 영양 공급이 안 되었기 때문이다. 명절날 친구
집에서 얻어먹은 떡국 한 그릇을 지금도 잊지 못하고 있다. 양손에

고구마를 들고 있던 친구 모습을 떠올리며 당시의 부러웠던 심정을 지금도 고백한다.

우리는 서로의 살아온 이야기를 나눌 때마다 표현할 수 없는 연민을 느낀다. 그리고 그의 외로운 삶을 보상해 주고 싶은 마음이 내면에서 강하게 솟구친다. 나의 삶이 다하는 동안 그 이상의 것으로 채워 주리라.

이처럼 남편에 대해 진한 애정을 드러내는 이유는 다름 아니다. 고통을 감내하며 외로움을 이겨낸 그는 누구보다 강한 생명력을 지니고 있다. 사막에 내놓아도 살아남을 사람. 희로애락의 감정을 고스란히 품고 있는 그에게서 진한 인간의 향기를 느끼는 것이다. 이것은 고난이 가져다준 선물이라고 생각한다. 그렇기에 어려운 환경은 오히려 감사의 조건이 될 수도 있다.

언젠가부터 우리 사회에 수저계급론이 등장했다. 금수저는 처음부터 외제차를 타고 출발하지만 흙수저는 성인이 되어서도 부모님을 부양하느라 등골이 휜다는 것이다. 금수저는 상위 1%의 돈 많은 부모님 덕을 받고 태어난 사람, 은수저는 재산이 금수저보다는 덜한 상위 3%의 계층, 동수저는 은수저보다 재산이 덜한 상위 70% 이상의 평범한 국민을 의미한다.

하지만 흙수저로 비유된 계층은 돈 없는 집에서 태어나 현실을 고민하는 사람들로 분류된다. 새벽부터 밤늦게까지 열심히 돈을 벌지만 그들의 삶은 하루하루 버겁기만 하다. 그러나 온실 속 화초와 야생화의 차이가 무엇이던가. 그 향기와 생명력에 있지 않던가. 그러므로 "젊어 고생은 사서도 한다."는 속담을 긍정한다. 인간의 매력은 결코 계층에 있지 않기 때문이다.

고난을 모르는 것이 오히려 불행하다

가끔 유튜브에 올라온 동영상을 보며 눈물콧물을 쏟아낼 때가 있다. 그것은 잘난 사람들의 잘난 이야기가 아니다. 상상도 못할 만큼 어려운 환경을 뚫고 감동적인 재능을 꽃피운 사람들의 이야기를 접할 때 그렇다.

성악가 최성봉 씨가 처음으로 세상에 알려진 것은 〈코리아 갓 텔런트〉라는 프로그램을 통해서다. 오디션을 보기에 앞서 자기소개 시간이 있었다. 머뭇거리던 그는 당황한 듯 띄엄띄엄 본인의 살아온 날을 이야기했다.

세 살 때 고아원에 맡겨졌다가 매를 맞고 탈출한 것이 다섯 살 때다. 공중시설의 계단이나 화장실에서 잠을 자며 껌팔이로 삶을 영위한 지 10년. 어느 날 나이트클럽에서 껌을 팔던 중 우연히 성악을 듣게 되었다고 한다. 대부분 유흥업소에서는 대중가요가 많이 불리지만 그날은 성악을 만나게 된 것이다. 그는 그 자리에서 성악에 매료되었다고 한다.

그가 방송에서 부른 성악곡은 사라 브라이트만의 '넬라 판타지

아(Nella Fantasia)'였다.

나의 환상 속에서 난 올바른 세상이 보입니다.
그곳에선 누구나 평화롭고 정직하게 살아갑니다.
난 영혼이 늘 자유롭기를 꿈꿉니다.
저기 떠다니는 구름처럼요.
영혼 깊이 인간애 가득한 그곳.

나의 환상 속에서 난 밝은 세상이 보입니다.
그곳은 밤에도 어둡지 않습니다.
난 영혼이 늘 자유롭기를 꿈꿉니다.
저기 떠다니는 구름처럼요.

나의 환상 속에서 따뜻한 바람이 붑니다.
그 바람은 친구처럼 도시로 불어옵니다.
난 영혼이 늘 자유롭기를 꿈꿉니다.
저기 떠다니는 구름처럼요.
영혼 깊이 인간애 가득한 그곳.

청아한 음성, 아름다운 멜로디, 영혼 깊숙이 스며드는 그 음악
은 전율이 흐르는 감동 자체였다. 심사위원도 울고 시청하는 나도

울었다. 그가 부른 노래도 아름다웠지만 그가 살아온 역경의 인내가 진하게 복합되어 심금을 울리는 감동을 주었던 것이다. 감사의 기도를 드렸다. 진흙구덩이에서 만들어진 아름다운 진주.

고난을 모르고 살아온 사람들은 어쩌면 불행일 수도 있겠다. 자그마한 씨앗이 싹을 틔우고, 줄기를 세우고, 꽃을 피우기까지… 생명이라면 그 성장과정이 경이롭기 때문이다. 온갖 풍파를 거치는 성장과정이 있기에 꽃이 피고 열매를 맺어 결실하는 것 아니겠는가.

오늘도 나는 새로운 삶을 창조한다

부와 성공을 이룬 사람들의 공통적인 특징이 있다. 그것은 수학공식과도 같아서 부의 법칙, 우주의 법칙을 공부하며 그대로 실천하는 것이다. 원하는 소원을 글로 새기고 눈으로 읽고 입으로 시인하며 그것을 향한 걸음을 걷다 보면 어느새 목적지에 와 있더라는 것이다.

중요한 것은 나의 의식이다. 의식은 곧 믿음이며 영적 존재가 되는 것이다. 네빌 고다드는 우리의 소망을 이루는 확실한 방법으로 "결말의 관점에서 생각하라."고 강조한다. 상상을 통해서 어떤 상태에 집중하고 그 상태에서 세상을 바라봐야 한다는 것이다. 결말의 관점에서 생각한다는 것은 소망이 이루어진 세상을 강하게 인식하는 것이다. 소망이 이루어진 상태의 관점에서 생각하는 것이 바로 창조적인 삶이다.

지금까지 살아온 나의 뒤안길은 우여곡절이 많았다. 가난했던 집안환경과 부모님에 대한 연민은 불쌍한 우리 아버지 말고 별도의 부자 아버지를 따로 갖고 싶다는 욕망을 불러왔다. 남들보다 잘되고 싶어 뭐든 들어주신다는 하나님 아버지를 붙들고 매일 새벽 십리 이상을 달려가 기도를 드렸었다.

누군가로부터 상처를 받았지만 나 또한 누군가를 찔러대지 않았던가. 때로는 무시당하고 설움도 당했지만 이는 스스로를 다지는 원동력이 되기도 했다. 성공하고 싶은 소녀의 마음을 여름날의 뜨거운 열정에 비한다면, 목적지에서 내려다본 인생의 뒤안길은 청명한 가을날의 아름다운 추억이 되었다.

아롱이다롱이 사람들과의 틈새를 통해 나의 마음, 상대방의 마

음 헤아리던 성찰의 시간. 그동안 숱하게 주고받던 내 속에 존재하는 또 다른 나와의 대화는 결국 온전한 나를 만나기 위한 훈련이었다. 살아가면서 부딪히는 각종 고난은 나를 나답게 하는 자연스러운 도구였다.

이제야 알겠다. 내가 왜 힘들었는지. 지금까지 완성된 나를 생각하고 있지만 아직도 나는 미완성이다. 온전한 깨달음을 얻었다고 생각했지만 아직도 장님 코끼리를 만지는 형국이다.

대학원 시절, 새롭게 알게 된 진리와 지식에 대해 스스로 감동한 적이 있었다. 이것이 자랑스러워 지도교수님에게 말씀드리니 선뜻 동감해 주시기보다는 어색한 표정을 지으셨던 이유를 알 것 같다. 모순투성이에 어리고 얕팍한 지식.

그러나 오늘도 나는 새로운 삶을 창조한다. 지금 머릿속에 그리고 있는 상상의 모습은 어느 순간 내부적 성장을 거쳐 사람들이 놀랄 만한 모습으로 세상에 드러낼 것이다. 그리고 높은 부가가치를 내며 귀중하게 쓰임받을 것이다.

사람들의 싸구려 인정에
목매지 마라

책망받고 고쳐야 할 것은 없는가?
있으리라 받아들이고 자신이 직접 찾아내도록 노력해야 한다.
레프 톨스토이

열등감은 버리고 자존감을 키워라

그동안 내가 행한 일들이 행여 싸구려 인정에 관련된 것이 아닌가를 돌아본다. 무조건 밥값을 내가 먼저 내야 한다는 사고방식. 뚜벅이 친구를 위해 불편을 감수하면서까지 매일 집 앞까지 데려다주고 데려오던 습관, 나가기 싫은 장소임에도 기어코 나가야 했던 강박증, 선의를 베풀어놓고 떨떠름했던 기분 등….

이러한 것은 일종의 인정욕구에서 기인된다고 한다. 자신의 능력과 가치를 우호적으로 평가받기 위한 마음과 이에 부응해 맞춰가고자 하는 심리욕구라는 것이다. 그러나 이것은 스스로의 굴레가 될 수 있다는 점에서 경고의 대상이 되고 있다.

이에 《미움받을 용기》의 저자는 자유롭고 행복한 삶을 위한 아들러의 가르침을 통해 인정욕구를 부정하라고 한다. 타인에게 인정받을 필요가 없으며, 인정받기를 바라서는 안 된다는 것이다. 내가 나를 위해 내 인생을 살라고 말한다.

어떤 남자의 고민이 라디오 방송에 소개되었다. 자신은 일류대학교를 나오고 아내는 고등학교를 나왔다고 한다. 그런데 아내가 자격지심에 빠져 스스로를 비하하며 자학한다는 것이다. 남자는 그런 아내를 답답해하며 어떻게 하면 좋을지 자문을 구했다. 안타까웠다. 그래서 친구도 끼리끼리, 결혼도 끼리끼리라는 말이 나오는가 보다.

친구들이 모이면 본의 아니게 비교 대상이 될 때가 있다. 누가 몇 평짜리 아파트에 살고 재산이 얼마이며 아들딸 교육에 관련해 어떻다 하면, 그중 하나는 열등감에 놓이게 된다. 열등감은 본인에게도 위축감을 주지만 친구 사이가 불편해질 수 있다.

"부러우면 지는 거다."라는 광고 카피가 있었다. 잘나가는 사람들을 부러워하지 말고 나의 중심을 지키라는 말이다. 스스로 자존감을 키우라는 뜻이기도 하다. 타인을 의식하지 말라는 소리이기도 하다. 그러면 어떻게 해야 할까?

나의 신혼살림은 옥탑방에서 시작됐다. 옥탑을 선택했던 이유는 신축건물이라 깨끗하기도 했지만, 넓은 옥상마당을 나의 공간으로 활용할 생각에서였다. 그러나 옥상마당의 주인은 내가 아니었다. 아래층 사람들의 전용공간이 되었다. 그들은 옥상에서 화분도 키우고 야채도 키웠다. 그리고 거기서 고기도 구워 먹고 심지어 텐트 치고 잠을 자기도 했다.

불편했다. 하지만 매일 얼굴을 마주하는 이웃이라 좋게 지내야 했다. 그러던 중 우리는 수도권 신규 아파트를 분양받게 되었다. 나는 이것을 아래층 부인에게 자랑했다. "우리가 아파트 분양을 받게 되었다"며 묻지도 않은 위치와 브랜드까지 설명했다. 나는 그분이 부러워해 주길 바라고 있었다. 그런데 그분은 "아이고, 잘됐네요. 축하해요!"라고 하셨다.

그녀는 나의 속 좁은 생각과는 거리가 먼 분이었다. 사실은 내가 그녀에게 열등감을 갖고 있었던 것이다. 오히려 그녀는 여유 있고 넉넉한 마음을 갖고 있었다. 나는 여기서 열등감을 오히려 역으로 해소하는 법을 배웠다. 부러우면 지는 거다. 부러워하지 말고 축복해 주자. 긍정해 주는 것이 이기는 것이다. 아니, 서로가 좋은 것이다.

미워할 수 있어야 참된 신이다

이번 추석연휴 기간 정재현 지도교수님을 뵈었다. 나의 논문 지도교수님이다. 마침 추석날은 그분의 생신이기도 해서 축하도 겸했

다. 나의 원고를 일부 전송받아 읽고 나오신 교수님은 나의 이야기로 포문을 여셨다. 그리고 지난 여름방학 동안 미국에 계시면서 집필한 《미워할 수 없는 신은 신이 아니다》와 앞서 집필한 《우상과 신앙》도 선물해 주셨다. 교수님은 지금까지 여덟 권의 저서를 내셨는데 얼마 남지 않은 은퇴 전까지 열두 권을 더 쓸 것이라는 계획도 말씀하셨다.

받은 책을 앞뒤로 훑어보던 나는 책을 아끼지 않고 험하고 지저분하게 읽을 것이라고 말했다. 이는 그동안 배워온 관습을 깨겠다는 의미다. 최근 경험에 의하면 책을 함부로 다룰수록 내 것이 된다는 사실을 깨달았다.

이날 교수님은 당신이 활용해온 전신 독서법을 일러 주셨다. 책을 읽을 때 그냥 눈으로만 읽지 말고 손으로 줄치며 메모하고 소리내어 읽으면 효과가 4배가 된다고 한다. 눈, 손, 입, 귀, 네 기관이 함께 움직이니 눈 하나로 읽는 것과는 하늘과 땅 차이라는 것이다. 과연 설득력 있는 말씀에 공감하며 손뼉을 쳤다.

그동안 나는 책을 함부로 다루는 것을 죄로 여길 만큼 조심스러웠다. 내가 초등학교에 다니던 시절까지만 해도 물자가 귀해서 그랬는지 학년이 올라갈 때마다 후배들에게 헌책을 물려주는 관습이 있었다. 그러다 보니 책에 낙서를 하거나 줄 치는 일을 함부로할 수가 없었다. 오죽하면 음악 교과서에는 책을 깨끗이 보자는 노래도 있었다. 이것은 어린 마음에 각인되었고 책을 함부로 대할 수 없는 습관이 되었다.

좋은 책 벗 삼아 정답게 지내자 / 너도 나도 똑바로 책과 사귀자 /
앉기도 똑바로 읽기도 똑바로 / 마음들도 똑바로 몸도 똑바로 /
고마운 책들을 반갑게 대하자 / 너도 나도 깨끗이 책을 위하자 /
보기도 깨끗이 두기도 깨끗이 / 마음들도 깨끗이 몸도 깨끗이 /

정재현 교수님의 책은 역설적 표현이 특징이다. 미워할 수 없는 신은 나쁜 신이란다. 우리가 좋아하기만 하는 신은 우리가 원하는 신이지만 우리가 만들어 놓은 우상일 가능성이 많다고 한다. 오히려 참된 신은 미워할 수 있어야 한다는 것이다.

이 책을 읽다가 신앙이 돈독하고 신실했던 어떤 권사님의 고백이 생각났다. 그분의 가정은 대대손손 신앙의 뿌리를 지켜왔던 믿음의 가정이었다. 그런데 어느 날 남편분이 음독하는 사건이 벌어졌다. 살아남을 확률이 희박한 제초제를 드신 것이다. 응급실에 이송된 환자에게 24시간 위세척이 진행되었다. 대부분 음독환자는 사망이라고 하지만 그분은 살아나셨다. 기적이었다.

그런데 권사님이 들려준 고백은 많은 것을 생각하게 했다. 전 교인이 비상 중보기도에 들어갔지만, 상황이 악화되자 제정신이 아니게 되더라고 하셨다. 무당을 불러 푸닥거리를 하면 낫는다는 말에 솔깃해지더라는 고백도 하셨다. 그러나 결국 "귀신이 낫게 할 일이라면 하나님은 못 하시겠냐"는 이웃분의 조언에 정신이 들더라는 것이다.

여기서 우리는 권사님이 겪어야 했던 두 가지 입장을 고려해야 할 것이다. 하나는 독실한 신앙인이자 중직자로서 믿음이 흔들렸다는 체면과 이목이다. 그런가 하면 본능에 충실했다는 솔직한 인간의 감정도 느낄 수 있었다.

그러나 권사님이 때에 따라서는 신을 미워할 수도 있다는 것을 알았더라면 좋았을 거란 생각이다. 그러면 그렇게 우왕좌왕하지 않으셨을 테니 말이다. 신을 미워한다는 것은 때로 나의 기도를 들어주지 않으실 수도 있다는 것을 인정하는 것이다. 그러나 역경과 고난을 통해 가장 가까이서 신을 만나게 될 것이다.

　사람들의 싸구려 인정에 목매어 살지 말자. 타인의 인정을 바라고 타인의 평가에만 신경을 쓴다면 그것은 결국 타인의 인생을 살게 되는 것이기 때문이다. 신도 미워할 수 있는 참 자유를 누리자.

얼마나 사느냐보다
어떻게 사느냐가 중요하다

인간은 얼마나 오래 사느냐가 아니라
어떻게 사느냐가 문제인 것이다.
필립 제임스 베일리

두드리는 이에게 역사가 임한다

　서울 상경 후 자취집을 찾고 있던 중 교회 집사님으로부터 집사님 댁 아래층에 살고 있는 빌라 여주인을 소개받았다. 직업이 술집 여성이라는 점 때문에 아무도 그녀가 내놓은 방에 세를 들어오지 않는다고 했다. 집사님은 선입감에 꺼려질 수 있지만 나보다 어린 아가씨라며 한번 만나보면 어떻겠냐고 했다. 그리고 나에게 전도의 기회로 삼아 보라고 했다.

　만학의 꿈을 안고 서울에 올라온 터라 비용도 저렴한 그녀의 집에 자취방을 정하기로 했다. 그녀는 예뻤다. 그러나 담배를 피워서인지 목소리는 약간 허스키했고 인생을 달관한 자처럼 씩씩했다.

그녀의 집은 14평 정도로 작았지만 신축이라 비교적 깨끗했다. 그녀는 자신을 찾아준 고마움 때문인지 나에게 무척 친절했다.

그녀는 내가 학교에서 돌아오는 오후 5시쯤 출근했으며, 내가 새벽예배 드리러 갈 시간에 퇴근했다. 그녀는 초등학교 6학년 때 집을 나온 후 이리저리 팔려 다니며 의도치 않은 삶을 살고 있었다. 첫 순정을 60대 노인에게 빼앗기고 자유를 찾아 수십 차례 탈출을 시도하는 과정에서 무수한 폭력을 당해야만 했다. 코뼈가 살짝 뒤틀려 내려앉은 것도 탈출하다 붙잡혀 폭력을 당했기 때문이라고 했다. 그녀가 살아온 날은 끔찍하고 잔인했으며 파란만장했다. 지금은 어찌어찌 자신만의 보금자리를 만들고 독립을 이루고 있지만 스스로를 체념하고 현실에 적응된 삶을 살고 있었다.

그녀는 남자에 대해 절대적 불신감을 갖고 있었다. 그녀에게는 사랑하는 사람이 있었다. 임신을 하고 결혼식을 준비하며 무척 행복했다고 한다. 지금의 집도 그때 장만한 것이었다. 그러나 결혼식을 앞둔 결정적인 순간에 그녀는 배신을 당하고 말았다. 출산한 아기는 얼굴도 보지 못한 채 분만실에서 빼돌림을 당했고 결혼식은 무산되고 만 것이다. 한동안 미친 사람처럼 살았다고 한다. 아기를 잃은 상실감에 인형을 업고 다닌 것이다. 사람들은 새댁의 등에 업힌 아기를 구경하려다가 인형인 것을 보고 놀라서 도망치고 수군거렸다고 한다.

정말 슬픈 드라마적 삶이었다. 참으로 안타까웠다. 그리고 어떤 사명감도 느껴졌다. 침대에 누워 있는 그녀에게 하나님의 말씀을 들려주었다. 그리고 교회에서 새로 배운 찬양과 율동을 보여 주기도 했다. 그녀는 까르르 웃다가도 눈가에 이슬이 맺히곤 했다. 자신의 처지가 암담하고 어두웠기 때문이다. 평범한 종교인으로 살기에는 현실이 너무나 답답한 절벽처럼 느껴졌을 것이다.

죄와 억압의 사슬. 돌이켜보건대 그리스도께서 오신 이유가 바로 이 때문이 아니던가. 평범한 자유와 행복이 장벽처럼 높기만 한 그녀에게 그리스도의 복음을 전해 준 진솔한 마음 이면에는 "너도 죄인이지만 나도 죄인이며 우리 모두가 죄인"이라는 사실을 말해 주고 싶었다. 다만 너와 내가 다른 점이 있다면, 내 안에는 '그(마음에 모셔진 성령, 예수 그리스도)'가 있고 너에게는 없다는 점이다.

그러므로 평범한 자유와 행복을 누리기 위해서는 마음 밭을 새롭게 해 그를 모시어 들이자는 것이다. 그리고 행복하자는 것이다. 그를 모시어 들이고 행복하기까지는 시간과 노력의 에너지가 필요하겠지만 두드리는 그에게 역사가 임할 것이라는 확신을 갖고 있다.

나는 그녀를 위해 성경을 머리맡에 놓아두고 중학교 수준의 책으로 알파벳부터 가르치기로 했다. 그리고 사회적 시선이 따갑지 않을 새로운 진로방안을 모색하기도 했는데, 그녀는 종종 이런 나를 위해 요리를 해 주었다.

그녀는 자신이 복음을 받아들일 수 없는 이유를 술집에 다니는 죄인이라는 점에서 찾고 있었다. 이에 대해 나는 성경 속 간음한 여인의 이야기를 들려주었다. 사람들은 이 여인을 정죄하려고 끓어앉혔으나 예수님은 "누구든지 죄 없는 자가 돌로 치라." 하지 않았던가. 그럴 만한 자격이 아무도 없던 사람들은 스스로의 양심에 찔려 모두 떠나갔으며, 예수님 자신도 정죄하지 않았다는 이야기를 전해 주었다. 또한 나를 포함해 교회를 다니고 있는 많은 사람들 역시 온전한 사람은 아무도 없다는 사실을 알려 주었다.

새로운 모습으로 평범한 행복을 누리길

어느 날 새벽, 퇴근한 그녀의 방에서 우는 소리가 들렸다. 가끔 그런 소리를 들은 적은 있지만 그날따라 유난히 찢어지는 아픔으로 와 닿았다. 차라리 큰 소리로 울었더라면 좋았겠다. 그러나 옆방의 나를 의식해서인지 몇 겹의 이불을 뒤집어쓰고 숨죽여 울고 있었다. 그 소리는 심장을 도려내는 것 같았다. 숨이 멎을 듯했다. 긴장된 마음으로 그녀의 동정을 살피고 있는데, 그녀가 갑자기 누군가를 향해 부르짖더니 집 밖으로 뛰쳐나갔다.

나도 새벽예배를 위해 조심스레 집을 나왔다. 멀리서 그녀의 고함이 들리는 듯했지만 한 시간 후 다시 돌아왔을 때는 어디에서도 그녀의 흔적을 찾을 수가 없었다.

나는 그녀의 소리가 들렸던 길을 따라 찾아 나섰다. 근처 학교 수위실 쪽이었다. 수위 아저씨는 나를 보더니 가족이냐고 물었다.

그러고는 혀를 찼다. 술에 취해 깽판을 벌이는 바람에 경찰에 신고했다고 했다. 맨몸에다 겉옷만 한 가지 걸치고 있을 그녀를 위해 옷을 들고 파출소로 찾아갔다. 그녀는 경찰과 실랑이를 벌이고 있었다. 자기가 이곳에 온 이유를 모르고 있었던 것이다. 그러다 정신을 차렸는지 나를 보자마자 목을 끌어안고 반겼다. 마치 어린아이가 엄마를 끌어안는 것처럼. '당신들 나 무시하지 마. 나도 이런 사람 있어'라는 표정과 몸짓이었다.

그러나 나는 본능적으로 물러서고 말았다. 창피했기 때문이다. 이러한 사실은 지금도 미안함으로 남아 있다. 당시 그녀의 몰골과 행색은 가관이었다. 경찰은 내게 그녀가 소리치고 깽판 부린 행태를 그대로 녹음해 들려주었다. 집으로 돌아온 그녀는 자신의 행동

을 전혀 기억 못하고 있었다. 다만 스스로를 개 취급하며 웃을 뿐
이었다.

어느 날 그녀는 어두운 굴레에서 벗어나기 위한 노력으로 미용
실을 차렸다. 나름 건전한 사회적 일원으로 살아가고 싶은 욕망이
자 노력이었다. 그러나 섣부른 시도였다. 스스로 기술을 터득해야
했지만 우선 당장 미용사를 고용해 시작한 것이다. 경영이 어려우
니 미용실은 남의 손에 맡기고 본인은 본래의 패턴대로 계속 유흥
주점에서 일했다. 미용실은 결국 고용인에게 넘어가고 말았다.

그 후 20년이 지나면서 소식을 모르고 있다. 그러나 어딘가에
서 새로운 모습으로 평범한 행복을 누리고 있지 않을까 기대하고
있다. 이유는 "너희는 듣든지 아니 듣든지 복음을 전하라."는 말씀
과 함께 "자라고 열매 맺게 하시는 이는 하나님"이라는 사실을 믿
기 때문이다.

04 :
성공은 인생의 목표가 아니라
과정이다

만족은 결과가 아니라
과정에서 온다.
제임스 딘

삶은 깨달음을 위해 나아가는 과정이다

지금까지의 삶을 돌아보니 하나의 연결 선상에 놓여 있다. 태어나고 자란 터전은 뭔가를 희망하고 목적하는 계기가 되었고, 부모님을 포함한 나의 가족과 주변 사람들은 나를 있게 한 자양분이 되었다. 밝은 세상에 태어났지만 천둥 번개를 동반한 비바람이 불어치기도 했다. 처음에는 너무 놀라서 숨어버렸다.

그런데 이것을 어느 순간부터 즐기기 시작했다. 오히려 호젓하고 좋았다. 거친 비바람에 휩쓸린 세상은 처참했지만 경이로웠다. 강한 빗줄기가 그치고 난 뒤의 밝은 태양은 눈이 부시도록 아름다웠다. 그리고 깨끗했다. 인생의 과정이 그랬다.

오늘날 삶이 만족스러운 것은 지난날의 결심과 선택이 옳았기 때문이다. 오늘이 즐겁고 행복한 것은 어제의 슬픔과 고난을 이겨냈기 때문이다. 눈물을 흘리며 씨를 뿌렸기 때문이다. 그리고 기쁨의 결실을 누리는 것이다.

왕 왕 왕 왕 나는 왕자(공주)다 하나님 나라에 나는 왕자(공주)다
내가 비록 어릴지라도 나는 왕(공) 나는 왕(공) 나는 왕자(공주)다
내 앞을 가로막는 자 모두 다 물리치리라
이 세상을 앞장서 가는 나는 왕(공) 나는 왕(공) 나는 왕자(공주)다

주일학교 시절 부르던 노래다. 우리는 왕을 아버지로 둔 왕자고 공주였다. 현실적으로 맞지 않았지만 왠지 기분이 좋았다. 왕의 자녀로서 행복한 그림을 그릴 수 있어서였다. 세상을 향해 나아가되 왕의 아들딸답게 멋지고 우아하게 성공적인 인생을 살아가는 것이 맞다. 왕자답게, 공주답게. 그러나 현실적으로 우리 모습은 어떠한가. 목마르고 갈급하지 않던가. 제한된 시공간에 살면서 불확실한 미래를 고민하며 걱정하고 있는 것이다. 그러나 그것은 나의 나 되기 위한 하나의 과정이다. 우리는 완성된 깨달음을 위해 오늘을 살아가는 것이다.

초등학교 교과서에 나오는 '온달장군과 평강공주'를 읽으면서 나는 또 다른 온달의 아내가 되기로 작정했었다. 가상의 공주로 변

신한 것이다. 나는 하나님 나라의 공주이기 때문이다. 그리고 평강공주를 흠모했다. 공주의 신분이지만 바보로 지칭되던 남편을 훌륭한 장군으로 변화시킨 영향력에 감동을 먹었기 때문이다.

그 후 성인이 되어 그와 비슷한 분위기의 남자를 남편으로 맞아들였다. 울퉁불퉁 불타는 고구마로 불리는 나의 남편은 자칭 귀여운 짱구라고 우겨댄다. 생긴 모습과는 너무도 안 어울리는 이름이다. 그렇지만 오랫동안 그렇게 부르다 보니 진짜로 귀여운 짱구가 된 것 같다. 그리고 나의 이름은 뱃살공주가 되었다. 못된 짱구가 지어 준 이름이다. 이럴 때는 결코 귀여운 짱구가 아니다. 가끔 변덕이 나면 좀 더 예쁘고 고상한 이름으로 불러준다. 루비. 그가 부르는 내 이름은 루비다.

남편과 함께 허심탄회하게 지난 시절을 이야기하다가 가끔 발목을 잡히기도 한다. 꼬마 시절, 덥다고 웃통을 벗고 길을 걷다가 친구를 만난 적이 있다. 어린 마음이지만 부끄럽고 민망했던 이야기를 남편에게 했었다. 그때부터 남편은 건수 하나 잡았다는 듯 놀려댄다. 무슨 말만 하면 "웃통 벗고 다닐 때부터 알아봤다"며 그때 일을 놀려대는 것이다. 어떤 때는 바짝 약이 오르기도 한다.

이렇게 짓궂은 남편은 어릴 적 우리 윗집에 살던 범수의 모습을 닮아 있다. 범수는 내가 5학년 때 외지에서 이사 온 수줍은 소년이다. 언니랑 동갑내기였던 그는 나보다 한 살 어린 그의 동생과 함께였다. 그들은 매일 울타리 너머로 우리가 노는 모습을 내려다보고 있었다. 행여 내가 그네들을 올려다보기라도 할라 치면 죄 짓다 들킨 사람처럼 얼른 구부려 몸을 숨기곤 했다. 그리고 또다시 고개를 내밀어 마당에서 뛰놀던 우리를 재미있는 세상 구경하듯 바라보고 있었다.

간혹 우리의 돼지새끼와 경운기가 궁금했던 그의 동생은 개구멍을 통해 우리 집으로 재빠르게 내려왔다가 재빠르게 도망가기도 했다. 그러면 우리 자매들은 엄청 쩍쩍거리며 텃세를 부리곤 했다. 그리고 달아나는 그의 옷자락을 붙잡고 엄청 등짝을 두들겨 주었다. 그러면 범수가 급히 내려와 합세하는 바람에 한바탕 씨름판이 되기도 했었다.

그러다가 하루는 아버지의 친절한 안내로 통성명을 하고 인사하는 기회를 가졌다. 그렇게 해서 우리는 정식 이웃이 되었다. 그리고 서로의 상황에 맞춰 그에 대한 주제로 인사하는 사이가 됐다.

그 집에는 송아지를 기르고 있었다. 범수는 매일 아침저녁으로 소를 몰고 다니며 풀을 먹이곤 했다. 그리고 지게에 꼴을 베어 나르기도 했다. 그러던 어느 날 우리 집에도 송아지 한 마리를 키우게 되었다. 하루는 나의 부탁으로 그가 잘 가는 풀밭을 찾아 꼴을 베러 갔었다. 그의 손은 어찌나 빠르고 민첩하던지 내가 한 주먹 꼴을 베었다면 그는 풀 더미를 만들고 있었다.

그런데 그날 미안한 사건이 하나 있었다. 그가 열심히 꼴을 베는 동안 나는 그의 풀 더미에서 그가 베어놓은 꼴의 일부를 나의 풀 더미로 옮겨놓았다. 양심의 가책을 느꼈지만 태연하려고 애썼다.

저만치서 풀을 베던 그는 한 아름 풀을 베어 본래의 자리로 돌아와서 자신의 풀 더미가 줄어든 것을 보고는 멈칫했다. 그리고 나의 풀 더미와 자신의 풀 더미를 번갈아 쳐다봤다. 뜨끔했다. 그리고 민망했다. 그러나 그는 아무 소리 않고는 또다시 풀이 많은 곳을 찾아 풀을 베었다. 그는 자신의 몫을 크게 한 짐 실어놓고는 나를 위해서도 한 아름 풀을 베어 주었다.

시간은 빠르게 지나서 그는 어엿한 청년이 되었고 나는 도시로 나오게 되었다. 그는 구수한 시골 농군이 되었지만 나는 차도녀가 된 것이다. 어쩌다가 집에 가는 길에 버스에서 마주치기는 했지만 그는 눈인사를 하고는 얼굴을 돌렸다. 차도녀의 아우라에 기가 죽은 것이라고 생각한다. 그렇게 10대의 청소년 시절을 보내고 다시 그를 본 적이 없다. 하지만 지금도 고향 사람을 만나면 이웃의 안부를 묻는다.

삶은 머리에서 가슴으로 옮겨가는 여행이다

지금의 남편에게서 그 시절의 이웃을 느낀다. 작은 눈매에 검붉은 피부색도 그렇지만 하는 일마다 시원스럽다. 거칠어 보이는 외모와는 달리 수줍음을 많이 타는 것도 닮았다. 그리고 촌스러운 것 같으면서도 근면 성실한 모습이 나의 마음에 기쁨과 행복을 준다.

남편도 가끔 자기네 고향의 앞집 소녀 이야기를 한다. 나처럼 눈이 크고 예뻤다고 한다. 그러나 그의 추억을 듣다 보면 역시 우리 고향의 이웃처럼 수줍어서 말 한마디 나누지 못했나 보다. 하지만 그는 나에게 말한다. 내가 자기네 마을에 살았더라면 자기가 엄청 잘해 줬을 거라고. 그의 눈에 보이는 나는 어리바리 자체다. 자기가 보호해 줘야만 살 수 있는 존재로 생각하는 것이다.

우리는 각자의 지구별에서 왔다. 나는 충청도, 그는 전라도에서 1차적인 성장기를 거쳐 각자의 허물을 벗기 위해 서울 도심으로 밀려온 것이다. 그리고 서로의 경험을 살려 환상의 조를 이루며 삶을 개척하고 있다. 그리고 확장된 삶을 통해 주변을 변화시키고 환경을 변화시키고 있다. 우리의 작은 힘을 통해 수많은 사람들이 영향을 받으며 함께 살아가고 있다.

삶은 머리에서 가슴으로 옮겨가는 여행이라고 한다. 태초부터 계획된 우리의 만남은 좌충우돌 시련을 거치고 있다. 그리고 한 걸음 한 걸음 미로 속 퍼즐을 맞추는 게임을 즐기고 있는 것이다. 삶을 살아가면서 풀기 힘든 고통이 있다면 010.4933.3548로 연락해 보자. 목적을 이루는 과정에서 겪게 되는 시련과 상처에 대해 함께 이야기 나누고 해결책을 제시함으로써 건강하고 아름다운 자유와 행복을 얻을 수 있도록 돕겠다. 희망과 꿈은 혼자 품을 때보다 함께할 때 더 크게 자라나는 법이다.

05 :

죽음 앞에 후회 없는
삶을 살자

그리움과 애증이 섞인 새어머니에 대한 감정

모 백화점에서 청소 일을 하고 계시는 새어머니. 이따금씩 생각 날 때면 나는 그분이 계신 곳을 찾아간다. 지난달에도 그곳을 찾아 쇼핑을 했지만 선뜻 찾아뵙지 못한 채 나의 옷만 한 벌 사왔었다.

얼마 전, 나는 또다시 그곳을 찾아갔다. 그분이 미우면서도 그리웠기 때문이다. 돌아가신 어머니를 대신해 아버지의 곁을 지켜주시던 새어머니. 그러나 아버지가 중풍으로 쓰러지면서 싹쓸이 챙겨 집을 나가셨던 분이다. 전에는 지하 식품매장 쪽에서 청소를 하고 계셨는데 물어보니 7층 가정용품매장에서 일을 하고 계신다고 한다. 7층 에스컬레이터를 내려 두리번거리다 화장실 쪽으로 향했다. 역시나 그곳에서 마대로 바닥을 닦고 계셨다.

"어머니!" 하고 부르자 그분은 깜짝 놀라더니 이내 반갑게 달려와 나를 얼싸안으셨다. 일단은 업무 방해를 피하기 위해 일이 끝날 때까지 쇼핑하면서 기다리기로 했다.

맛있고 좋은 음식을 함께 먹고 싶었다. 그런데 그분이 백화점 식당에서 콩나물 해장국을 먹자고 하셨다. 평소 그곳에 가보고 싶었지만 혼자서는 갈 수가 없었다고 했다. 새우젓을 넣어먹는 콩나물 해장국, 과연 맛이 있었다.

당신이 친구처럼 지내시던 큰고모가 수술을 하셨고, 얼마 전 남동생의 처가 될 가족들과 상견례를 훌륭하게 치렀다는 소식을 전해 드렸다. 형제자매와 조카들의 소식도 전하고 우리가 하는 사업도 재미있게 성장하고 있다는 것을 말씀드렸다. 잘했다고 연신 말씀하면서도 당신의 친딸인 A가 아직도 어렵게 살고 있는 것이 맘에 걸리시는 모양이다. 하지만 손주가 벌써 다섯 살이 되었다는 것과 너무도 귀엽고 총명하며 책을 그렇게나 좋아할 수가 없다며 자랑하셨다.

좋은 것 사시라고 수표를 담은 봉투를 드렸다. 염치가 없다고 생각하시는지 한사코 거절하셨다. 나는 옛날에 담가 주셨던 고추장 단지를 볼 때마다 당신을 잊을 수가 없었노라고 그리움을 고백했다. 고맙다며 나의 두 손을 꼭 잡으시는데 나의 마음은 갑자기 묘한 애증이 뒤섞이면서 허탈함을 느끼고야 말았다.

외롭고 서러웠던 아버지의 일생

지금까지 살아오면서 다른 후회되는 것은 전혀 없다. 그러나 부모님의 마지막을 생각하면 괴로울 정도로 가슴이 먹먹해진다. 일기장 같은 지난날은 구구절절 안타까움만 가득하다. 어찌해 그때는 마음이 그것밖에 안 되었던가.

어머니가 돌아가시고 일 년이 채 되지 않아 아버지는 새어머니를 맞아들였다. 결혼한 딸의 입장에서는 오히려 아버지의 곁을 지키는 분이 오셨다는 점에서 좋았다. 그러나 동생들은 돌아가신 어머니에 대한 배신이라고 싫어했다. 하지만 아버지는 제2의 신혼을 맞이하시고 전에는 몰랐던 행복을 느끼시는 것 같았다.

온 가족이 모여 식사를 하고 있을 때였다. 약주를 못하시는 새어머니가 우리가 권해 드린 약주 한 잔에 어지러움을 느끼셨나 보다. 아버지는 그 자리에서 새어머니를 번쩍 안아들더니 안방으로 들어가 요를 깔고 눕혀 드렸다. 좋아 보이기도 했지만 멍한 입장이 되기도 하였다. 어쨌든 두 분은 이렇게 늦은 행복을 만끽하고 계셨다. 손잡고 산에도 오르시고, 건강에 관련한 내용이라면 어디든 찾아다니고 계셨다.

그러나 아버지의 새로운 신혼생활은 3년이 안 되어 파경을 맞고 말았다. 중풍으로 쓰러진 것이다. 반신불수가 되신 아버지를 위해 열심히 수발을 하시던 새어머니도 급기야는 손들고 나가셨다. 아무도 관심 가져 주지 않는 상황에서 나 같아도 그랬을 것이다.

당시의 내 상황이, 나의 마음이 지금처럼 좀 더 여유로웠더라면 얼마나 좋았을까?

한동안은 아버지 홀로 절룩거리는 걸음으로 혼자서 밥 하고 빨래 하며 삶을 이어가셨다. 아버지의 유일한 친구는 집에서 기르던 암소 한 마리였다. 아버지의 친구 삼아 정성스레 길러진 암소는 어느 날 신통하게도 새끼 송아지를 낳았다. 그런데 송아지의 한쪽 발이 절름발이었다. 한쪽 수족을 못 쓰시는 아버지의 모습을 닮은 것이다.

어느 날 아버지는 재차 중풍을 맞으셨다. 이번에는 아예 걷지를 못하셨다. 할 수 없이 직장 다니던 남동생이 아버지를 모시고 올라왔다. 장가도 못간 동생이 쥐꼬리 같은 월급으로 아버지를 모신 것이다.

예부터 어른들께서 아들을 찾던 이유를 그때 실감했다. 남동생은 육중한 아버지를 일주일에 한 번 목욕시켜 드리고 밥 해 드리면서 나중에는 대소변까지 받아냈다. 지친 녀석의 머리털은 어느 순간부터 군데군데 동전크기만 한 탈모현상이 일어났다. 막막한 현실에서 아들이랍시고 홀로 모든 책임을 떠안고 있었던 것이다. 결혼하고자 하는 여자 친구가 있었지만 엄두를 못 내고 있었다. 그 가운데 내가 하는 일은 고작 일주일에 한 번 장을 봐다 주는 것뿐이었다. 직접적이고 현실적인 도움을 주지 못한 것이다.

남편한테 서운한 게 있다. 지금도 그때의 상황을 생각하면 눈시울이 붉어진다. 어느 날 동생 녀석이 3일간만 아버지를 맡아 달라고 했다. 지금의 올케인 여자 친구랑 여행을 가고자 했던가 보다. 당연히 나는 아버지를 모셔왔다. 고생한 남동생에게 모처럼의 휴식과 휴가가 되길 바랐던 것이다.

　　그런데 남편은 몸을 못 가누시는 아버지를 눈에 띄게 싫어하는 모습을 내비쳤다. 그렇잖아도 사위집이라고 어려워하는 분께, 당신의 흉한 모습에 주눅 들어 있는 분께 남편은 한마디 인사도 없이 출근하곤 했다. 쌩한 모습. 속상했다. 나는 부탁했다. 출퇴근 시에 아버지께 따뜻한 인사 좀 해 달라고. 그는 알았다고 했다. 그러나 아버지를 대하는 그의 눈빛과 얼굴 표정은 나의 애간장을 졸였다.

　　퇴근하고 돌아와 보면, 아버지는 이미 현관 입구 신발장까지 기

어 나와 계셨다. 자식이 오길 눈 빠지게 기다리셨기 때문일 거다. 걸을 수만 있다면 신발 신고 뛰쳐나가고 싶어서였을 거다. 드디어 3일이 지나던 날, 동생은 아버지를 모시러 왔다. 그때의 아버지 표정, 어린아이처럼 밝아진 모습을 지금도 잊을 수가 없다.

사는 동안 즐겁게 살리라

아버지는 억지로 돌아가셨다. 돌아가시기 전 몇 달 전에 아버지는 요양병원에 맡겨졌다. 그때부터 아버지는 돌아가시기로 작정을 하고 식음을 전폐하셨다. 평소 아버지는 내게 고백했었다. 스스로 죽고 싶다고. 그러나 그렇게 되면 자식에게 누가 될까 봐 못하고 있다고.

아버지가 돌아가시기 전날. 내가 아버지를 뵈러 갔을 때는 얼굴과 손발이 퉁퉁 부어 있었다. 혈액순환이 안 된 탓이다. 가실 날이 멀지 않았음에도 불구하고 나는 아버지의 안타까운 시선을 뒤로한 채 내 볼일을 보고 다녔다. 그런데 그날이 아버지의 살아있는 모습을 본 마지막이 되었다.

아버지의 운명 소식을 듣고 슬픔보다는 안도의 한숨이 나왔다. 드디어 아버지께서 쉼을 얻으시겠구나! 대신할 수 없는 아버지의 고통이 끝을 맺는구나! 대소변을 못 가려 아들, 며느리의 눈치를 안 보셔도 되겠구나! 바깥세상을 볼 수 없는 감옥 아닌 감옥생활을 끝내시는구나! 코 속에 도구를 넣어 음식물을 넣거나 가래를 뽑아낼 때 당하는 괴로운 고통을 더 이상 받지 않으셔도 되겠구나! 정말 해방을 받으셨구나! 이 세상과의 이별에 슬퍼할 겨를도 없이 오직 괴롭고 슬픈 고통으로부터 해방되셨다는 감사와 안도감이 오히려 마음을 평안하게 했던 것이다.

그러나 서늘한 영안실에 누워 계신 아버지의 시신을 대했을 때는 충격을 받았다. 편찮으신 아버지 몸이 곱게 눈을 감은 채 추위에 떨고 계신 것만 같았다. 그래서 더욱 큰 소리로 울었다. 정신을 차리고 수의로 갈아입힌 아버지의 시신 앞에 말씀드렸다.

"수고하셨습니다. 이제 쉬십시오. 아름다운 하늘나라로 안녕히 가시라"고 인사했다. 이승의 걱정은 아무것도 하지 마시라 했다. 동생들도 잘 돌볼 것이며, 아버지께서 기뻐하실 일이라면 무엇이든지 행하겠노라 했다. 가시는 길 두려워하거나 무서워 마시고 오로지 주님 손 꼭 잡으시고 평안히 가시라고 했다. 살아계신 분께 말씀드리듯 조곤조곤 정확하게 말씀드렸다. 꽁꽁 묶인 채 흙속에 입관될 때, '이미 영혼은 떠나고 육신의 껍질이 저렇게 묻히는구나! 나도 저렇게 때가 되면 누군가의 손에 의해 저렇게 묻히겠구나! 인생이 그렇구나!'를 생각하며, 외롭고 서러운 아버지의 일생을 돌아보게 되었다.

한 번 죽는 것은 사람에게 정해진 것이니 사는 날 동안 즐겁게 살리라. 수고로운 인생 끝나는 날 '너 잘 살았구나' 자타가 인정하는 아름다운 삶을 살고 싶다.

06 :

지금 이 자리에서
최선을 다하라

열중은 자기가 직면하고 있는 일의 어떤 일면에 대해
진정으로 몰두할 때 생겨난다.
데일 카네기

다르지만 닮은 점도 많은 남편과 나

서부영화에서 봤던 그랜드캐니언. 언젠가 꼭 한번 가 보고 싶은 곳이다. 스크린에 펼쳐진 대자연의 경관은 '세상에 저런 곳도 있구나!'라고 생각할 정도로 신비하고 멋있었다. 지금이라도 당장 마음만 먹으면 갈 수 있는데 왜 못 가고 있을까? 거기에는 나의 소극적인 성격 탓도 있다. 하지만 궁극적으로 비행기 탑승을 무서워하는 남편의 영향이 크다. 나의 행동반경에서 남편을 빼놓을 수가 없다. 우리는 항상 붙어 다니는 껌딱지 부부니까.

국내 최초로 새로운 교육 아이템을 개발해 관련 업계에 정착시킬 수 있었던 것은 다름 아닌 우리 부부의 파트너십 때문이다. 일을 하거나 여행을 할 때도, 특별한 경우를 제외하고는 우리는 거의 모든 행사에 함께한다. 친구들은 "지겹지 않냐? 불편하지 않냐?"라고 한마디씩 놀려 대지만 우리는 오히려 혼자일 때가 더 어색하다. 그만큼 우리는 서로에게 잘 맞는 톱니바퀴인 것이다.

처음에 남편과 나는 잘 맞는 구석이 없어 보였다. 나는 신앙심이 깊지만 남편은 논리적으로 따져 대는 생콩 같았다. 나는 사람들이 예쁘다고 하는데 남편은 울퉁불퉁 불타는 고구마라는 별명을 얻었다. 나의 눈은 큰데, 남편 눈은 단추 구멍처럼 작다. 나는 폼에 살고 폼에 죽는다면 남편은 실속파다. 나는 고상한 척하는데 남편은 조폭처럼 거칠어 보인다.

그런데 결정적으로 닮은 구석이 있다. 어려운 환경 속에서 눈물 젖은 빵을 먹고 자랐다는 것과 독립심이 강하다는 것. 그리고 독학으로 학부까지 마쳤다는 것과 생활력이 강한 반면 감수성도 예민하다는 것이다.

결혼 전 우리는 고시촌 골목식당에서 1,300원짜리 자장면 한 그릇을 둘이 나눠 먹어야 할 만큼 엄청 가난한 고시생이었다. 그러나 마음속에서는 항상 풍요로운 미래가 보이는 듯했다. 다만 안개속에 가려져 보이지 않을 뿐. 어둠이 걷히고 새벽이 밝아 오는 날 햇빛이 반짝일 것만 같은 확신이 있었던 것이다. 학부 시절 그는 새벽잠을 줄이면서 신문배달을 해 나의 부실한 치아를 심어 주었다.

그리고 기숙사 생활을 하고 있는 나를 위해 매일 세끼 도시락을 학교 기숙사로 날라다 주었다.

오늘날 공동주택관리업계의 선도적 역할을 할 수 있었던 것은 남편 덕분이다. 30대 초반이던 그는 주택관리사로서 아파트 현장에 투입되었다. 그러나 당시 주택관리 현장은 제도적으로 정착되지 않은 상황이라 모든 것이 부실했다. 주택관리사 시험을 볼 때 달달 외웠던 이론과는 너무도 달랐다. 주민들은 뭔가 불만이 있어서 찾아오는데도 막상 해 줄 말이 없었다. 근거자료를 제시하고 설득해야 했지만 그럴 만한 자료가 없었던 것이다.

그리고 모든 책임이 소장에게 집중되어 있다 보니 스트레스가 이루 말할 수 없었다. 정신적으로 짓눌려 잠꼬대를 하는 그를 위해 나는 기도했었다. 이겨 낼 수 있는 힘을 달라고. 지혜를 달라고. 출근하는 남편의 뒷모습은 도살장에 끌려가는 소의 뒷모습 같았다. 안타까웠다. 출근하는 그를 세워 놓고 그의 손을 잡고 기도를 하며 출근시켰다. 그렇게 그는 어디서든 인정받는 베테랑 소장이 되어 가고 있었다.

소속된 위탁관리 본사에서는 복잡하고 어려운 문제 단지에 남편을 투입시켰다. 그때마다 남편은 괴로워했다. 하지만 어떻게 해서든 해결사처럼 말끔하게 평정하고 다녔다. 그는 몸을 사리지 않았다. 뜨거운 여름 메리야스 차림으로 일꾼들과 함께 땀을 비 오듯 흘리며 일했다. 그리고 주민들을 위한 까다로운 법적 논쟁을 위해 밤새도록 자료를 찾아 가며 헌신하기도 했다.

그러다 어느 순간 그는 120명 소장들 앞에서 표창을 받고 박수도 받았다. 이렇게 관련 업계의 전문가로서 입지를 굳힐 때였다. 나는 현장의 애로사항 중 하나가 회계를 담당하는 전문 직원의 부재라는 사실을 알게 되었다. 외부 사회에서는 실업자가 차고도 넘치는데 정작 쓸 만한 인재가 없다는 것이었다.

아파트 회계는 일반회계와 차이가 있다. 일반회계는 영리를 목적으로 하는 기업회계를 사용한다면, 아파트에서는 비영리회계를 사용해야 하는 것이다. 크게 어렵지는 않지만 아파트 관리의 특성을 이해하지 않고는 해결할 수 없는 내용이었다.

실천적 성공의 비결

이 경험을 발판 삼아 우리는 한국아파트빌딩경리전문학원(이하 교육원)을 설립하기로 했다. 그리고 그 전에 취업시장을 확인해야 했다. 우리가 설립하고자 하는 학원은 일반 입시학원이나 고시학원 과는 차이가 있었기 때문이다. 일반 학원은 관련 지식을 정해진 시간 안에 무조건 주입시켜 주면 끝이다. 그러나 우리가 생각한 학원은 취업이 목적이기 때문에 어느 정도 시장 파악이 필요해 보였다.

우리는 전국의 아파트관리사무소와 오피스텔, 주상복합, 빌딩 관리사무소의 주소를 정리했다. 그리고 크고 작은 위탁관리 회사를 모두 찾아서 공문을 보냈다. 구체적인 교육 내용과 교육 방침, 운영 방침 등을 소개하면서. 그리고 좋은 인재가 필요하거든 우리 학원 수료생을 채용해 달라고 부탁했다. 책임지고 좋은 인재를 보내겠다고 덧붙였다. 또한 관련 업계 종사자들의 모임을 찾아다니며 여론을 들었다. 이는 현장을 이해하는 데 큰 도움이 되었다. 그리고 뜨거운 이슈를 만들어 내었다.

교육원은 소규모로 창립했지만 대대적으로 홍보했다. 그리고 찾아온 수강생들에게 자식 키우듯 정성을 쏟았다. 왜냐하면 잘 가르쳐서 내보낸 수강생은 또 다른 내일의 밑거름이 될 테니까. 그렇게 교육원은 사람들 사이에서 '이곳에 가면 취업 100%'라고 소문이 났다.

아파트관리사무소 직원의 신분은 공무원이 아니다. 그러나 주민들을 상대로 하는 하나의 서비스업임을 감안할 때 공무원과 비슷한 성격을 지니고 있다. 그리고 모든 근무조건도 공무원과 비슷하다. 출퇴근시간이 정확하다는 것과 주 5일을 근무한다는 것, 안정적인 측면에서도 그렇다. 우리 교육원에서 지금까지 배출된 인원은 소장, 경리 포함해 약 3만 5,000여 명이다.

수강생들이 늘어남에 따라 자금이 모아졌다. 남편은 아파트 관리에 관한 전문가들을 불러 모았다. 아파트 하자처리 전문가, 승강기 전문가, 소방 전문가, 회계처리 전문가, 관련 법률 전문가 등. 그리고 이들에게 소장들이 쉽게 볼 수 있는 책을 만들어 달라고 했다. 50페이지에서 100페이지 분량으로 핵심만 추려낸 책이 인쇄되었다. 분야별 핵심 내용을 한 권의 책으로 만들었더니 전화번호부책 두께만 했다.

다른 것 차치하고 순수 인쇄비만 권당 1만 1,000원이 되었다. 이것을 5,500권을 인쇄하고 보니 5,500만 원의 비용이 들었다. 우리는 이것을 수도권 모든 현장의 아파트 관리소장들한테 무상으로 나눠 주기로 결정했다. 하지만 처음에 나는 반대했다. '무상으로 받은 책을 제대로 활용할까?' 하는 의문이 들었기 때문이다. 그리고 '무상으로 책을 제공했는데, 우리는 그들에게서 무엇을 받을 수 있을 것인가?'라는 생각이 들었기 때문이다. 남편은 현장의 상황을 설명하며 나를 이해시켰다.

"가장 힘들고 괴로운 사람이 아파트 관리소장이야. 그들은 모든 책임을 지고 있기 때문에 스트레스가 많은데, 볼 만한 텍스트조차 없어. 그래서 현장에 적응도 하기 전에 잘리는 일이 부지기수인 게 현실이야. 그런데 우리가 이 책을 전해 주면 70%의 일을 자연스럽게 해결할 수 있어. 분명 사람들은 이 책을 200% 활용할 거야. 그리고 이 업계를 떠나지 않는 이상 관리소장 책상에는 이 책이 항상 꽂혀 있을 거야. 그러면 그들이 좋은 마음으로 우리 교육원을 기억하지 않겠어? 그러다가 우리 교육원에서 배출된 회계 담당자들이 그곳에 이력서를 넣고 면접을 보러 가면 최소한 격려의 말 한마디라도 해 주지 않겠어?"

남편의 말을 듣고 보니 구구절절 옳았다. 결국 나는 결재했고, 수도권에 있는 모든 소장들에게 무상으로 책을 배포했다. 그 결과, 기대 이상으로 반응이 좋았다. 지방에서까지 도움을 달라고 요청이 들어왔을 정도였다. 우리는 여건상 지방은 인쇄필름을 보내 주고 협회 차원에서 자체적으로 인쇄해서 사용토록 했다. 이것을 2년에 한 번씩 시행했다.

어쩌다 보니 경영하고 있는 교육원의 역사를 자세하게 소개한 것 같다. 쓰면서 살짝 고민했던 것은 나의 자전적인 글을 쓰되 내 삶의 일부가 된 교육원에 대해서도 자세히 다루고 싶은 마음이 컸다는 것이다.

나는 우리의 경험을 바탕으로 TV 프로그램 〈아침마당〉에 초청

된다면 다양한 주제의 이야기를 나누고 싶다. 내가 겪었던 청소년 입장에서의 직장 매너와 주인 입장에서의 관점 등. 이것들은 일방적인 희생이나 부당함을 말하는 것이 아니다. 처해 있는 그곳에서 어떠한 자세로 임하느냐에 따라 나의 자존심이나 자존감을 높일 수 있다는 것을 말하고 싶은 것이다. 그리고 경험적 갈등을 어떻게 풀어 갔는지도 소개하고 싶다. 또한 교과서적인 성공 마인드 대신 실천적 성공의 비결도 소개하고 싶다. 모든 일은 사람과 사람의 감정을 둘러싸고 이뤄지기 때문이다.

(본 원고는 《버킷리스트20》에 실렸던 글임을 밝힙니다.)

당시의 내 상황이, 나의 마음이 지금처럼 좀 더 여유로웠더라면 얼마나 좋았을까?

한동안은 아버지 홀로 절룩거리는 걸음으로 혼자서 밥 하고 빨래 하며 삶을 이어가셨다. 아버지의 유일한 친구는 집에서 기르던 암소 한 마리였다. 아버지의 친구 삼아 정성스레 길러진 암소는 어느 날 신통하게도 새끼 송아지를 낳았다. 그런데 송아지의 한쪽 발이 절름발이었다. 한쪽 수족을 못 쓰시는 아버지의 모습을 닮은 것이다.

어느 날 아버지는 재차 중풍을 맞으셨다. 이번에는 아예 걷지를 못하셨다. 할 수 없이 직장 다니던 남동생이 아버지를 모시고 올라왔다. 장가도 못간 동생이 쥐꼬리 같은 월급으로 아버지를 모신 것이다.

예부터 어른들께서 아들을 찾던 이유를 그때 실감했다. 남동생은 육중한 아버지를 일주일에 한 번 목욕시켜 드리고 밥 해 드리면서 나중에는 대소변까지 받아냈다. 지친 녀석의 머리털은 어느 순간부터 군데군데 동전크기만 한 탈모현상이 일어났다. 막막한 현실에서 아들이랍시고 홀로 모든 책임을 떠안고 있었던 것이다. 결혼하고자 하는 여자 친구가 있었지만 엄두를 못 내고 있었다. 그 가운데 내가 하는 일은 고작 일주일에 한 번 장을 봐다 주는 것뿐이었다. 직접적이고 현실적인 도움을 주지 못한 것이다.

남편한테 서운한 게 있다. 지금도 그때의 상황을 생각하면 눈시울이 붉어진다. 어느 날 동생 녀석이 3일간만 아버지를 맡아 달라고 했다. 지금의 올케인 여자 친구랑 여행을 가고자 했던가 보다. 당연히 나는 아버지를 모셔왔다. 고생한 남동생에게 모처럼의 휴식과 휴가가 되길 바랐던 것이다.

그런데 남편은 몸을 못 가누시는 아버지를 눈에 띄게 싫어하는 모습을 내비쳤다. 그렇잖아도 사위집이라고 어려워하는 분께, 당신의 흉한 모습에 주눅 들어 있는 분께 남편은 한마디 인사도 없이 출근하곤 했다. 쌩한 모습. 속상했다. 나는 부탁했다. 출퇴근 시에 아버지께 따뜻한 인사 좀 해 달라고. 그는 알았다고 했다. 그러나 아버지를 대하는 그의 눈빛과 얼굴 표정은 나의 애간장을 졸였다.

퇴근하고 돌아와 보면, 아버지는 이미 현관 입구 신발장까지 기

07 :

더 큰 성공을 위해
현명하게 소비하라

믿음과 희망에 대해서 세상 사람들의 의견은 각각이겠지만,
자선에 대하여는 인류 전체의 관심이 일치할 것이다.
알렉산더 포프

나눔은 본능이자 생활습관이다

김태광 작가의 첫 소설집 《할머니의 검정고무신》에 나오는 주인
공들은 한결같이 나의 어릴 적 모습을 닮아 있다. 서민들의 삶과 애
환을 그리고 있기 때문이다. 〈아르바이트로 찾은 황금열쇠〉의 주인
공 은철의 이야기는 과거의 내 모습을 보는 것 같았다. 그리고 〈아
내가 가져온 불고기〉란 단편은 마치 우리 부모님의 모습을 그리고
있는 것 같았다.

약국 종업원 시절의 나는 착하고 부지런한 약국 아가씨로 소문
나 있었다. 당시 나의 하루는 새벽 예배와 기도로 시작했다. 그리고
기도가 끝나면 곧장 약국 문을 열었다. 약국 열쇠를 내가 맡고 있

었기 때문이다. 남들보다 일찍 일어나 불을 밝힌 덕분에 내가 몸담 았던 시내 한복판은 언제나 밝게 빛나고 있었다. 앞뒤 문을 활짝 열어 놓고 총채질과 빗자루로 쓸고 닦는 것은 물론 주변 도로까지 깨끗하게 청소했다. 그러면서 일찍부터 활동하는 새벽 손님들 덕분 에 의약 부외품을 통해 매출을 올리기도 했다.

이것은 대표를 기쁘게 하는 일이었다. 나중에 나오신 대표는 "일찍 일어나는 새가 벌레를 잡는다."라며 칭찬해 주었다. 그때마다 나는 뿌듯해하며 자존감이 상승되곤 했다. 그렇게 나는 이곳에는 없어서는 안 될 필요한 인물이 된 것이다. 나의 부지런함은 지역 사 람들에게 소문이 났다. 그 결과 나는 시내를 나가면 연예인처럼 사 람들이 반가워하셨다.

경제활동을 할 수 없었던 주일학교 시절, 모아 둔 500원은 나 름 큰돈이었다. 이것을 헌금함에 넣기 전까지 얼마나 고민했는지 모른다. 그러나 큰 결단을 내린 것은 나의 소중한 500원을 큰 믿음 과 소망을 담은 예물로 생각했기 때문이다. 헌금을 하고 나서의 기 분은 의외로 기쁨이 가득했던 것으로 기억한다. 왠지 보이지 않는 곳에 저축한 느낌이랄까?

그 후로 십일조 및 감사헌금은 당연히 구별된 삶의 일부가 되었 다. 여기서 헌금을 말하려는 것이 아니다. 나눔에 대한 의미와 가치 를 말하려는 것이다. 그러나 나눔이란 화두는 여전히 고민을 하게 한다. 구호처럼 외치는 것은 쉬운 일이지만 정작 실천적인 측면에서는 망설임을 경험하기 때문이다. 나는 나눔은 본능이고 생활습관이라고 생각한다.

어느 날, 조심스레 약국 문을 열고 들어온 손님이 있었다. 다름 아닌 시골 교회의 사모님이었다. 뭔가 어려운 사정이 있는가 싶은데 말씀을 못하고 있었다. '무슨 일이시냐'고 집중적으로 여쭤 보고 나서야 내용을 알 수 있었다. 목사님의 대학원 등록금 마감을 앞두고 있었던 것이다.

궁리 끝에 찾아오셨지만 아쉬운 소리를 하자니 얼마나 어려웠겠는가. 상황을 이해한 나는 긴 이야기 필요 없이 즉각 일을 처리했다. 어려운 가운데 당장 힘을 발휘할 수 있었던 것은 정기적으로 받

는 월급이 있었기 때문이다. 그리고 모든 물질은 하나님에게서 나왔다고 생각한 어른스러운 신념이 있었기 때문이다. 이처럼 돈에 대한 신적 관념은 만학을 위해 서울로 상경하면서도 크게 작용했다.

서울 상경 후 나는 버스 토큰(승차권) 한 개를 아끼기 위해 두세 정거장은 걸어 다녔었다. 기존 생활을 탈탈 털고 새롭게 시작하는 만학이어서 나의 삶은 짠내 나도록 어려웠다. 그런데 오가는 나의 통학 길에는 어쩜 그리도 내게 손을 벌리는 사람이 많던지. 그때는 도움을 줄 수 없는 내 상황이 너무도 안타깝고 미안했었다.

그런데 지금은 어떠한가. 그때에 비하면 엄청난 풍요를 누리고 있지만 정작 그때처럼 많은 걸인을 만날 수 없는 것은 이상한 일이다.

'진정한 절약은 가지고 있는 돈을 가장 현명하게 소비하는 것'이라고 한다. 그런데 과연 어떻게 해야 현명한 소비가 될 수 있을까? 처음에는 이러한 일로 남편과 갈등했다. 나는 대체로 쓰는 편이고 남편은 근검절약이 투철한 편이다. 하지만 나는 내가 돈을 허튼 곳에 쓰는 것이 아니라고 생각했다. 다만 '오늘 또한 인생이기 때문에 현재를 잘 살아야 한다'라고 생각했다. 그러나 남편은 "아끼고 저축해야만 미래가 풍요로운 것이다."라고 주장했다. 서로의 주장은 나름 이유가 있고 설득력이 있었다. 그렇게 우리 부부는 서로의 주장에 공감하면서도 입장 차이가 있었다.

지혜와 지식을 나누는 삶

우리 동네 사거리에 위치한 높은 빌딩의 주인은 다름 아닌 허름한 차림의 노부부였다. 할아버지가 돌아가시고 최근에는 할머니마저 세상을 떠나셨다. 이후 사람들은 그들이 살던 집 안을 살펴보고 충격을 받았다. 도저히 빌딩 주인이라고 할 수 없을 만큼 가난뱅이처럼 살아오신 것이다. 고기도 먹어 본 사람이 먹는다고 한다. 나는 이것을 예로 삼아 돈 쓰는 일에 더욱 생각을 넓게 가졌다.

《부의 비밀》의 저자는 '절약만이 미덕이 아님'을 강조한다. 그리고 현명하게 소비할 것을 요구하고 있다. 절약의 노예가 되어 오히려 크게 손해를 보기 때문이다. 대신 돈을 현명하게 쓸 것을 제시한다. 현명한 금전 관리로 우선 예금통장을 가지는 것과 절약의 습관을 강조한다. 어찌 보면 당연하고도 모순되는 것 같지만 분수에 맞지 않는 소비를 경계하는 것이다.

한책협을 만나기 전까지 나는 더 이상 돈을 벌어들일 필요가 없다고 생각했다. 그냥 이대로 생활 유지하면서 편안하게 살면 된다고 생각했었다. 그러나 더 큰 성공을 위해 매진해야 할 이유를 《부의 비밀》의 저자는 다음과 같이 밝힌다.

"사람들에게 지혜와 지식을 나누어 줄 필요가 있다. 이것은 예수께서 그의 제자들로 하여금 사람 낚는 어부가 되게 한 것처럼 하나님을 아는 지혜와 지식은 삶의 근본이기 때문이다."

작가 이노우에 히로유키는 동시대를 살아가는 사람들에게 우주의 법칙을 배우라고 강조한다. 이는 보이지 않는 잠재의식의 작용과 중요성을 말하는 것이다. 그러나 이것은 잉태의 과정과도 같다. 전기의 스위치처럼 받아들이는 사람과 접점을 이루지 못하면 결국 아무런 결과를 얻을 수 없다.

나는 2019년을 맞이하면서 나름 계획한 것이 있다. 그것은 함께하는 이들과의 행복경영이다. 그동안 나의 마음을 괴롭게 한 것은 다름 아닌 내면적 욕심이었다. 지금이라도 당장 하늘이 부를 때를 대비해서 언제든 후회하지 않을 안전장치를 해 놓고 싶다. 꺾어진 50대를 살다 보니 삶의 의미를 생각하지 않을 수 없다. 나는 내가 가진 것들을 어려운 사람들과 나누는 삶을 살고 싶다. 그렇게 살다가 하나님께서 부르실 때 천국으로 가고 싶다.

(본 원고는 《버킷리스트20》에 실렸던 글임을 밝힙니다.)

08 :

오늘도 나는 더
행복한 미래를 꿈꾼다

나의 관심은 미래에 있다.
그것은 내 삶의 나머지 부분을 미래에서 보내야 하기 때문이다.
캐서린

누군가에게 기쁨이 될 때

나의 영혼이 가장 행복을 느낄 때가 언제이던가? 아무리 생각
해도 그것은 나를 통해 누군가에게 기쁨이 될 때다. 청년부 시절,
나는 교회 청년들을 모두 초청해 놓고 국수를 끓여 먹이곤 했다.
그리고 월급날이 되면 돼지고기를 왕창 사다가 봉사하던 청년들과
함께 먹기도 했다. 한창 먹성 좋은 청년들은 아우성을 쳤고 대접하
는 마음은 그 자체로 즐거움과 행복이 되었다.

나의 월급날은 우리 할머니의 월급날이기도 했다. 할머니는 그
것으로 주일날 헌금도 하시고 일하다 목마르면 막걸리도 사드셨다.
내가 집에 들르는 날이면 할머니는 계절에 맞는 과일과 열매를 내

밀어 놓으셨다. 그것은 집에서 남아돌아서 남겨진 것이 아니었다. 일부러 아껴 두셨다가 나를 위해 챙겨 주신 것이다. 가족관계를 떠나서 고마운 일에 대해서는 어떠한 형태로든 보답하고 싶은 것이 인간의 본능인 것 같다. 나는 여기서 나의 존재가치를 느꼈다. 그 옛날 찬밥신세였던 딸 많은 집 딸이 아니라, 필요하고 가치 있는 존재가 된 것 같아서 뿌듯했다. 내가 사람 구실을 하고 대접을 받는 것 같아서 기분이 좋았던 것이다.

할머니는 마흔 살이 되기도 전에 청상이 되셨다. 아버지를 포함한 5남매를 어렵게 키우시는 동안 어떠한 유혹에도 흔들림이 없었다고 한다. 항상 강하고 독한 분으로 여겨졌던 할머니였다. 그런데 어느 날 아랫집 행사에서 약주 한 잔을 드시더니 소리 없이 눈물을 자꾸 흘리시는 것을 보았다.

충격이었다. 우리 할머니는 강하고 억척스럽기로 소문난 분이었기 때문이다. 그때 나는 처음으로 할머니의 시름 찬 인생을 헤아리게 되었다. 당시 할머니는 장정 못지않은 고된 일을 많이 하셨다. 밤마다 끙끙 앓는 소리가 들렸지만 약을 사 드신 적이 없다. 당시 나의 생각은 빨리 커서 돈을 벌고 싶다는 생각뿐이었다. 고생하는 어른들께 효도하고 싶었기 때문이다. 잠자기 전 우리는 할머니로부터 많은 옛날이야기를 들었다. 가끔은 허구가 아닌 실제 이야기가 옛날이야기 이상으로 재미있고 신기했다.

아버지의 고향은 충청남도의 계룡산 등지였다. 당시에는 깊은 산중이어서 무서운 산짐승이 많았다고 한다. 당시 할머니는 막내 고모가 하도 울어서 "울음을 그치지 않으면 호랑이한테 넘겨주겠다고 했다"고 한다. 그런데 그날 밤 실제로 호랑이가 나타나 밤새도록 집 주변을 돌면서 방문 앞에 흙을 뿌려대는 바람에 무서워서 잠을 못 잤다고 하셨다. 아침에 둘러보니 사방에 호랑이 발자국이 남아 있었다고. 산중에 살면서 말을 함부로 해서는 안 되는 이유를 실감하셨다고 했다.

살아 있는 동안 아름답기를

지금은 할머니도 안 계시고 효도하고 싶었던 아버지, 어머니도 안 계신다. 너무 일찍 세상을 떠나신 것이다. 마음이 외롭고 힘들던 지난 달, 돌아가신 아버지 꿈을 꾸었다. 아기처럼 오동통한 젊은 모습이었으나 한쪽 발만큼은 굵직한 어른의 것으로 강한 아버지의 이미지를 느끼게 해 주었다. 깔끔하게 누워 계신 아버지를 향해 도사님 내외가 선물을 사들고 뛰어오고 있었다. 아버지는 환하고 밝은 모습으로 환영하셨다. 손발을 흔들며 기뻐하는 모습이 마치 해처럼 밝아 보였다. 꿈에서 깨고 나니 기분이 참 좋았다. 홀가분한 느낌이었다. 그리고 그날 좋은 소식도 있었다. 묶여있던 것이 해제된 것이다.

친구들과 모이면 가끔 죽음에 대한 논쟁을 벌인다. 나이가 들수록 부모님은 물론 주변 환경을 통해 직접 죽음을 목격하는 경우가 많아졌기 때문이다. 그리고 이것이 우리가 받아들여야 할 상황임을 가깝게 인지하게 된다. 그래서 가끔 살아온 날보다 앞으로 살아갈 날을 세어 보는 것인지 모르겠다. 이해관계에 부딪혀 고민할 때마다, 가장 빠르게 결론지을 수 있도록 도와주는 것 역시 제한된 생명을 생각할 때다.

죽음에 대한 화두는 우리에게 무척 거부반응을 일으킨다. 그러나 반드시 받아들여야 하는 우리의 숙명이다. 그래서 사는 문제보다 죽음의 문제가 더욱 중요한지 모르겠다. 임종 전 부모님은 무척 외로우셨다. 그토록 효도할 것 같았던 나와 내 형제들도 긴 병에 효자 없기는 마찬가지였다. 우리 부모님이 돈이 있었다면 좀 더 생명이 길었을 것이다. 그러나 당시의 상황에서는 얼른 가시는 것이 오히려 축복이었다고 생각한다.

나이 들어 병들고 돈 없으면 외롭고 비참해진다. 차라리 돈은 없더라도 병들지 말았으면 좋겠다는 생각이다. 아무리 돈이 많더라도 건강을 잃으면 아무 소용 없기 때문이다. 늙더라도 걸어 다니고 움직이는 데 이상 없으면 좋겠다. 정신도 멀쩡했으면 좋겠다. 잠자듯 가는 것이 큰 축복임을 깨닫는다. 그렇게 되길 소원한다.

천년만년을 살고자 할 때는 무한정 거둬들여야 한다는 계산이 앞선다. 그러나 제한된 삶을 놓고 볼 때는 가지고 있는 재산이 별

의미가 없는 것이다. 당장 내일 하직한다고 생각하면 주변의 많은 사람들에 대한 아쉬움이 남는다. 좀 더 잘해 주고 싶은 마음, 좀 더 사랑하고 싶은 애틋함이 비워진 마음을 통해 올라오는 것이다.

죽음은 식물과도 같다고 생각한다. 피었다 지는 식물. 다만 우리는 살아 있는 영혼을 통해 육신의 껍질을 입기도 하고 벗기도 하지 않던가. 살아 있는 동안 아름답기를 희망한다. 그리고 지혜 있는 삶이길 바라는 것이다.

나의 세상은 이미 완성되었다

백세시대라고 한다. 아니, 앞으로 영원히 죽지 않을 수도 있다고 한다. 의학의 발달로 죽은 세포를 살리기도 죽이기도 한다는 것이다. 늙지 않고 젊어지는데 커피 한 잔 값이라니. 언젠가 연세대학교의 의학도들이 주최한 세미나에 참석한 적이 있다. '영생, 축복인가 저주인가'라는 주제였던 것 같다. 자세하지는 않지만 그만큼 인간의 생명이 크게 연장되거나 죽지 않는 쪽으로 발달할 수 있는 가능성을 보는 것이다.

그러고 보면 인간의 수명이 옛날 구약시대로 돌아가는 것은 아닌가 생각된다. 구약성경에 나오는 사람들은 대체로 수백 년씩 살지 않았던가. 그리고 할머니와 할아버지들이 애를 낳는 장면이 나오기도 한다. 아담의 자손 야렛은 162세에 에녹을 낳았고, 므두셀라는 187세에 라멕을 낳았으며, 라멕은 182세에 노아를 낳았다.

오늘도 나는 더 행복한 미래를 꿈꾼다. 오늘의 행복이 지난날의 꿈과 상상을 통해 이루어진 것이라면 내일을 위한 또 다른 꿈과 희망을 가꿔야겠다. 생명에 관한 것은 인간의 권한 밖이라 생각한다. 10년을 살라 하면 10년을 살아야겠고, 100년을 살라 하면 100년을 살아야겠다. 그러나 평균수명인 70~80세를 기준으로 한다면 그 기간 안에 이룰 새로운 비전을 세워야 할 것이다. 당장 따먹을 수 없는 한 그루의 사과나무가 될지라도 그것은 보람이고 행복이라 생각한다.

창조의 세상은 이미 완성되었다. 준비된 대지 위에 아름다운 건물을 세울 것이다. 그리고 건강과 생명과 자유가 있는 긍정적이고 창조적인 활동공간으로 사용할 것이다. 축소된 천국을 위한 앞으로의 1년과 3년, 5년, 그리고 10년과 20년… 연도별, 단계별 나의 비전은 나의 주변이 변화되고 환경이 변화되는 놀라운 역사를 이뤄낼 것이다.

한정된 나의 의식이 더욱 크게 확장되길 바라며 가능한 한 동시대를 살아가는 사람들과 멋진 결실을 얻게 되길 희망한다.

불행을 행복으로 바꾸는 7가지 기술

초판 1쇄 인쇄 2019년 11월 4일
초판 1쇄 발행 2019년 11월 8일

지 은 이 정현주
펴 낸 이 권동희
펴 낸 곳 위닝북스
기   획 김도사
책임편집 김진주
디 자 인 김하늘
교정교열 박고운
마 케 팅 포민정

출판등록 제312-2012-000040호
주   소 경기도 성남시 분당구 백현로 97 다운타운빌딩 2층 201호
전   화 070-4024-7286
이 메 일 no1_winningbooks@naver.com
홈페이지 www.wbooks.co.kr

ⓒ위닝북스(저자와 맺은 특약에 따라 검인을 생략합니다)
ISBN 979-11-6415-044-1 (03810)

이 도서의 국립중앙도서관 출판도서목록(CIP)은 서지정보유통지원시스템
홈페이지(http://seoji.nl.go.kr)와 국가자료공동목록시스템(http://www.nl.go.
kr/kolisnet)에서 이용하실 수 있습니다.(CIP제어번호: CIP2019042043)

위닝북스는 독자 여러분의 책에 관한 아이디어와 원고 투고를 설레는
마음으로 기다리고 있습니다. 책으로 엮기를 원하는 아이디어가 있으신 분은
이메일 no1_winningbooks@naver.com으로 간단한 개요와 취지, 연락
처 등을 보내주세요. 망설이지 말고 문을 두드리세요. 꿈이 이루어집니다.

※ 책값은 뒤표지에 있습니다.
※ 잘못 만들어진 책은 구입하신 서점에서 교환해 드립니다.